CPSIA information can be obtained
at www.ICGtesting.com
Printed in the USA
BVHW052214050323
659647BV00013B/1483

9 788119 022335

دِل دَریا

(ناول)

مصنف:

دلیپ سنگھ

© Taemeer Publications

Dil Dariya *(Novel)*
by: Dileep Singh
Edition: February '2023
Publisher & Printer:
Taemeer Publications. Hyderabad.

ISBN 978-81-19-02233-5

مصنف یا ناشر کی پیشگی اجازت کے بغیر اس کتاب کا کوئی بھی حصہ کسی بھی شکل میں بشمول ویب سائٹ پر اَپ لوڈنگ کے لیے استعمال نہ کیا جائے۔ نیز اس کتاب پر کسی بھی قسم کے تنازع کو نمٹانے کا اختیار صرف حیدرآباد (تلنگانہ) کی عدلیہ کو ہو گا۔

© تعمیر پبلی کیشنز

کتاب	:	**دل دریا (ناول)**
مصنف	:	**دلیپ سنگھ**
صنف	:	فکشن
ناشر	:	تعمیر پبلی کیشنز (حیدرآباد، انڈیا)
زیر اہتمام	:	تعمیر ویب ڈیولپمنٹ، حیدرآباد
تدوین / تہذیب	:	مکرم نیاز
سالِ اشاعت	:	۲۰۲۳ء
تعداد	:	(پرنٹ آن ڈیمانڈ)
طابع	:	تعمیر پبلی کیشنز، حیدرآباد – ۲۴
صفحات	:	۱۲۶
سرورق ڈیزائن	:	تعمیر ویب ڈیزائن

اپنی شریکِ حیات

سُریندر کَور کے نام

پیش لفظ

دلیپ سنگھ (پیدائش: ۱۹۳۲ء- وفات: ۸ راگست ۱۹۹۴ء)

کا شمار ہندوستان کے معروف و مقبول مزاح نگاروں میں ہوتا ہے۔ ان کی پیدائش ہرچند کہ ضلع گوجرانوالہ (پاکستان) میں ہوئی لیکن ان کے آباء واجداد نے ہندوستان ہی میں سکونت اختیار کرنا پسند کیا۔ دلیپ سنگھ وزارت خارجہ حکومت ہند میں اپنی خدمات انجام دینے کے علاوہ ریڈیو اور ٹیلی ویژن کے لیے بھی اپنی ادبی خدمات پیش کرتے تھے۔

"دل دریا" (سن اشاعت: ۱۹۹۲ء) دلیپ سنگھ کا ایسا ناول ہے جسے ٹیلی ویژن سیریز کے طور پر بھی فلمایا گیا۔ اس کی ہدایت کاری کے فرائض لیکھ ٹنڈن جیسے مایہ ناز ہدایت کار نے نبھائے تھے۔ کہا جاتا ہے کہ بالی ووڈ فلمی صنعت کے کنگ خان شاہ رخ خان، لیکھ ٹنڈن ہی کی ۱۹۸۸ء کی دریافت تھے اور چھوٹے پردے پر شاہ رخ خان کا سب سے پہلا رول اسی سیریئل "دل دریا" کا تھا۔ یہ الگ بات ہے کہ ٹیلی ویژن پر جس سیریئل کے ذریعے شاہ رخ کی اداکاری کا آغاز ہوا وہ راج کمار کپور کا "فوجی (۱۹۸۹ء)" تھا۔

دل دریا پنجاب کی تہذیب و ثقافت کو اجاگر کرنے والا ناول باور کیا جاتا ہے۔

اس ناول کے تعارف میں لکھا گیا ہے کہ۔۔۔

"دل دریا" کا مرکزی کردار موہن سنگھ ایک ایسا دریا دل شخص ہے جس کے دل کی

گہرائیوں میں محبت کے انمول خزانے پوشیدہ ہیں۔ وہ محبت کا کاروبار کچھ اس طرح سے کرتا ہے کہ اس میں فائدے کا سوال ہی پیدا نہیں ہوتا۔ مزے کی بات یہ ہے کہ گھاٹے کے اس سودے میں وہ بے پناہ مسرت محسوس کرتا ہے۔

یہ نہیں ہے کہ موہن سنگھ ایک ایسا کردار ہے جو دھرتی پر پیدا نہیں ہوتا بلکہ آسمانوں سے اترتا ہے۔ وہ تو گوشت پوست کا بنا ہوا انسان ہے۔ یہی وجہ ہے کہ زندگی کے معمولی واقعات اسے بے پناہ مسرت بھی دیتے ہیں اور اس کے کلیجے کو چھلنی بھی کر جاتے ہیں۔

یہی بات انسانی رشتوں کے اس ناول کے دوسرے کرداروں کے بارے میں بھی کہی جا سکتی ہے۔ اوم پرکاش، مہندر، نند کشور، رام پیاری، اندر کور، کلونت اور کانتا کے کرداروں کی تشکیل اس طرح سے کی گئی ہے کہ یوں لگتا ہے جیسے زندگی کے سفر میں کسی بھی موڑ پر ہماری ملاقات ان سے ہو سکتی ہے۔ ناول پڑھتے ہوئے قارئین محسوس کریں گے کہ ناول نگار کوئی ایسی کہانی نہیں لکھ رہا جس نے اس کے تصورات میں جنم لیا ہو بلکہ اس نے تو اپنے قارئین کے سامنے آئینہ رکھ دیا ہے۔

تعمیر پبلی کیشنز کی جانب سے دلیپ سنگھ کے اسی مختصر مگر یادگار سماجی ناول کا جدید ایڈیشن شائع کیا جا رہا ہے۔

۱

نندو اس سال پھر فیل ہو گیا۔

صبح جب ابھی اخبار چھپ کر بھی نہیں آئے تھے، اوم پرکاش گھر سے نکل کر گلیوں میں انھیں تلاش کر رہا تھا۔ پتہ نہیں کیوں اُسے یقین تھا کہ نندو اِس سال ضرور پاس ہو جائے گا۔ یہ نہیں کہ ساری ساری رات اُس نے نندو کو پڑھتے دیکھا تھا، یا پھر کسی جیوتشی نے نندو کے پاس ہونے کی پیشین گوئی کی تھی۔ پھر بھی جانے کیوں اُسے پُوری اُمید تھی۔ اُمید پر تو انسان پُوری زندگی گذار دیتا ہے، اوم پرکاش کے لئے تو بس یہ کچھ لمحوں کی بات تھی۔

اوم پرکاش چاہتا تھا کہ یہ خبر سب سے پہلے وہ خود پڑھے اور پھر اُس کے ذریعے اُس کی بیوی رام پیاری، بیٹی رانی اور خود نندکشور تک پہنچے کیونکہ نندکشور کی کامیابی صرف نندکشور کی کامیابی نہیں ہوگی۔ یہ تو اوم پرکاش کے خواب کی تعبیر ہوگی، ایک ایسے خواب کی تعبیر جس میں اوم پرکاش کے پُورے خاندان کی خوش حالی کا راز مضمر تھا۔

اخبار ہاتھ میں لیتے ہی اُس نے میٹرک کے ریزلٹ کے تین چار صفحوں کو کچھ اِس طرح سے اُلٹ پلٹ کر دیکھا جیسے اُن میں سے اپنے خوش آئند مستقبل کو تلاش کر رہا ہو۔ لیکن نندو کا رول نمبر اُسے کہیں نظر نہ آیا۔

اوم پرکاش نے اخبار کو توڑ مروڑ کر وہیں پھینک دیا اور ایک ہارے ہوئے جواری کی طرح گھر کی طرف چل دیا۔

جب وہ گھر میں داخل ہُوا تو رام پیاری اور رانی جاگ چکی تھیں۔ اوم پرکاش دروازے سے اندر داخل ہُوا اور صحن میں پڑی ہُوئی ایک پُرانی آرام کُرسی پر نڈھال ہو کر گر پڑا، کچھ اِس طرح سے کہ رام پیاری یا رانی کو ضرورت ہی محسوس نہیں ہوئی یہ پُوچھنے کی کہ نند کشور کے ریزلٹ کا کیا بنا۔

یہ تیسری بار تھی نند کشور کے فیل ہونے کی۔

اوم پرکاش کی راولپنڈی کی تحصیل گوجر خان میں ایک چھوٹی سی دوکان تھی۔ ویسے تو دوکان کے باہر اچھا خاصہ بورڈ لگا ہوا تھا "اوم پرکاش اینڈ سن کریانہ مرچنٹس"۔ لیکن دوکان کا سائز بورڈ سے بھی کچھ کم تھا۔ دوکان سے بس اتنی ہی آمدن تھی کہ اوم پرکاش کسی نہ کسی طرح اپنے بچوں کا پیٹ پال رہا تھا۔ دوکان سے لوٹ کر رات کو وہ اپنے بیوی بچوں کے ساتھ بیٹھ کر لفافے بناتا تھا تاکہ اُس خوشحالی کو کم از کم چھُو تو سکے جس کا تصوّر اُس کے دماغ میں تھا۔

نند کشور کو سکول میں داخل کرانے کے بعد وہ محسُوس کرنے لگا تھا کہ اُس کا بیٹا ایک ایسی لاٹری کا ٹکٹ ہے جو دس سال بعد کھُلے گا۔ اور اُس کے کھُلتے ہی اوم پرکاش کا مستقبل روشن ہو جائے گا۔ نند کشور میٹرک پاس کرنے کے بعد کسی دفتر میں بابو ہو جائے گا۔ اپنے باپ کی طرح میلے نہیں بلکہ صاف سُتھرے سفید کپڑے پہنے گا۔ وقت پر دفتر جایا کرے گا اور وقت پر آیا کرے گا۔ گھر لوٹ کر لفافے نہیں بنائے گا۔ لوگ اوم پرکاش اور رام پیاری کو بابو جی کے والدین کہا کریں گے۔ اور اُس کی پوزیشن کی وجہ سے رانی کا بیاہ کسی بڑے گھر میں ہو جائے گا۔

لیکن خواب تو بس خواب ہی ہوتے ہیں اور صرف سوتے میں دکھائی دیتے ہیں۔

نندو بڑا صحت مند لڑکا تھا۔ صحت مند اور خوش باش۔ صرف اُس کی وجہ سے اُس کا سکول کبڈی کے کئی میچ جیت چکا تھا۔ سکول میں جب کبھی دَوڑ کا مقابلہ ہوتا تھا تو نند کشور کو باقی لڑکوں سے پچاس گز پیچھے کھڑا کیا جاتا تھا تاکہ باقی لڑکوں کو مقابلے میں برابر کا موقعہ مل سکے۔ جس کمرے میں وہ موجود ہو وہاں سے قہقہوں کے شور وغل کے علاوہ کچھ سُنائی ہی نہیں دیتا تھا۔ سکول کے لڑکے اور اُستاد اُس سے بے پناہ محبّت کرتے تھے۔ پتہ نہیں پڑھائی کیوں اس کے پلّے نہیں پڑتی تھی۔ باوجود کئی تعویزوں اور گنڈوں کے وہ اپنے پتا کی لاٹری کا ٹکٹ نہ بن سکا۔

نندو آنکھیں مَلتا ہُوا جب بستر سے اُٹھ کر صحن میں آیا تو فوری طور پر اُسے پُورے گھر کی بوجھل فضا کا احساس نہیں ہُوا۔ اُس نے اعتماد بھری آواز میں چہکتے ہُوئے کہا۔

"کوئی اخبار نہیں لایا؟ آج میرا ریزلٹ آنا تھا۔"

اُس کی بات کا کسی نے جواب نہیں دیا۔

"اچھا مَیں لے کر آتا ہُوں۔"

"کوئی ضرورت نہیں ہے کہیں جانے کی۔" اوم پرکاش گرجا "تمہیں اپنا ریزلٹ میرے مستک پر لکھا ہُوا نظر نہیں آتا کیا؟"

نند کشور پر اب حقیقت واضح ہو چکی تھی۔

اپنے بیٹے کو سامنے دیکھ کر اوم پرکاش کے دل کا غبار اُبل پڑا اور وہ تقریباً روتے ہُوئے چیخا۔

"کتنی امیدیں تھیں مجھے تُم سے۔ تُم نے سب خاک میں ملا دیں۔"

"کوشش تو بہت کی تھی میں نے۔" نندو نے آہستہ سے کہا۔

"کوشش کی ہوتی تو نتیجہ کیا یُوں ہوتا، اُلّو کے پٹھے۔" یہ کہتے ہوئے اوم پرکاش کا منہ غصّے سے لال ہو گیا۔ "میرے گھر سے باہر نکل جا حرامزادے، مَیں تیری صُورت بھی نہیں دیکھنا چاہتا۔"

رام پیاری کو اُمید نہ تھی کہ حالات یہ موڑ بھی لے سکتے ہیں۔ اُچھل کر باپ بیٹے کے درمیان کھڑی ہو گئی اور کہنے لگی۔

"کیوں بات کو بڑھا رہے ہو نندو کے پتا۔ زندگی میں پاس فیل تو لگا ہی رہتا ہے۔ ہُوا کیا جو فیل ہو گیا؟ جو لوگ میٹرک پاس نہیں کرتے وہ کیا زندگی میں کچھ نہیں بن سکتے؟"

"کر سکتے ہیں، یقیناً کر سکتے ہیں۔ اگر اُن کے باپ کا کارخانہ چل رہا ہو تو وہ اُس کارخانے کی ذمّہ داریاں سنبھال لیتے ہیں۔ میرا بھی ایسا کارخانہ ہوتا تو مَیں کہتا، نندو بیٹے ہُوا کیا جو تو پاس نہیں ہُوا۔ گھر کا کاروبار ہے اِسے سنبھال۔ لیکن میرے پاس تو کچھ بھی نہیں ہے رام پیاری۔ ایک چھوٹی سی دوکان ہے اس میں مَیں کہاں بیٹھوں اور اسے کہاں بٹھاؤں؟"

"ہماری دوکان چھوٹی ہے تو کیا ہُوا۔ تایا جی کی دوکان تو بڑی ہے انھیں کہو نا ویر کو اپنی دوکان پر بٹھا لیں۔" یہ رانی کی آواز تھی۔ اُس کی آواز میں رام پیاری کو اُمید کی کرن نظر آئی۔

"ہاں نندو کے پتا، بھرا موہن سنگھ سے کیوں نہیں کہتے۔ وہ ضرور نندو کے لئے اپنی دوکان پر کوئی کام ڈھونڈ لے گا۔"

اوم پرکاش ٹس سے مَس نہیں ہُوا۔

"مَیں تو کہتی ہُوں آج ہی جاؤ۔ پڑھائی اب نندو کے بس کا روگ نہیں ہے۔"

اوم پرکاش نے ذرا بھی حرکت نہیں کی۔

"تمہارا خیال ہے بھرا موہن سنگھ انکار کر دے گا؟"
شاید اس جملے کی اوم پرکاش تاب نہ لا سکا۔ بپھر کر بولا: "وہ کبھی انکار نہیں کرے گا رام پیاری۔ وہ میرا بچپن کا یار ہے۔ وہ میرا بھائی ہے بھائی۔"

"تو پھر جاتے کیوں نہیں؟"

"میرا اصول تو یہ ہے نندو کی ماں کہ جب یار کے پاس جاؤ تو دل میں صرف محبت کے پھول لے کر جاؤ۔ اُس کے پاس کاسۂ گدائی لے کر جانا میرے اصول کے خلاف ہے۔"

"ارے رہنے دو۔ اپنے دوست کے لئے بھی اصول بنا رکھے ہیں۔ تمھیں اچھی طرح پتا ہے کہ ہمارے غم اُس کے غم ہیں۔ ہماری خوشیاں اُس کی خوشیاں ہیں۔ اِس محبت میں اصول کہاں سے آ گئے۔ جاتے ہو تو جاؤ ورنہ میں آپ چلی جاؤں گی۔"

اوم پرکاش بپھر گیا۔

"مَیں پوچھتا ہُوں تم لوگوں کے پاس شرم لحاظ نام کی کوئی چیز نہیں ہے کیا؟"

"اِس میں شرم لحاظ کی کیا بات ہے۔ اپنے بھائی سے کہتے ہُوئے کِس بات کی شرم؟"

"رام پیاری کسی ناواقف کے سامنے جھولی پھیلاتے ہُوئے شاید مجھے بھی شرم محسوس نہ ہو۔ مانگنا تو اپنوں سے ہی مشکل ہوتا ہے۔"

"چھوڑو ماں۔" رانی بولی "پتا جی نہیں جاتے تو نہ سہی، مَیں خود اپنے تایا جی سے کہہ دُوں گی۔"

اوم پرکاش اپنی بیٹی کے اِس جملے کی تاب نہ لا سکا وہ جانتا تھا کہ رانی نہ صرف جائے گی موہن سنگھ کے ہاں بلکہ موہن سنگھ اُسے انکار بھی نہیں

کرے گا لیکن شاید موہن سنگھ کو بُرا لگے کہ اپنے مقصد کے حصول کے لئے میں نے اپنی بیٹی کا، بلکہ اُسی کی بیٹی کا سہارا لیا۔ فوراً اُٹھ کھڑا ہؤا اور نند کشور کو مخاطب کر کے کہنے لگا۔

"چل اوئے نالائق کی اولاد۔ آ میرے ساتھ۔ تیرے لئے میں بھکاری کا کشکول بھی اُٹھاؤں گا۔ تجھے کیسے انکار کر سکتا ہوں۔ تُو تو میری اُمیدوں کا مرکز ہے نا۔ چل میرے ساتھ۔"

۲

موہن سنگھ راول پنڈی کی تحصیل گوجر خاں میں درمیانے درجے کا بیوپاری تھا کپڑے کا۔

جن دنوں موہن سنگھ اور اوم پرکاش پیدا ہوئے تھے، اُن کے گھروں کی دیواریں سانجھی تھیں۔ پنجاب کی جس فضا میں یہ دونوں بڑے پھولے، اُس میں دو الگ الگ گھروں کے بچّوں کا ایک دوسرے کو بھائی سمجھنا کوئی اچنبھے کی بات نہیں تھی۔ یہ تو وہ دن تھے جب ایک گھر کا داماد پورے گاؤں کا داماد سمجھا جاتا تھا۔

اِسی پنجاب کا اُنہی دِنوں کا ایک قصّہ ہے کہ ایک دفعہ دو چور کسی گھر میں گھُس گئے۔ اُس وقت گھر میں صرف دو عورتیں موجود تھیں۔ انہوں نے خوف کی وجہ سے اپنے چہروں پر چادریں کھینچ لیں۔ جب چور لوٹ مار کرنے میں مصروف تھے تو ایک چور نے اُونچی آواز میں دوسرے کو کچھ کہا۔ گھر کی ایک عورت کو لگا جیسے یہ آواز اُس نے پہلے کہیں سُنی ہوئی ہے۔ چادر ہٹا کر جو دیکھا تو چور اُن کے میکے کے گاؤں کے تھے۔ للکار کر کہنے لگی: "مرجانیو لوٹنے کے لئے تمہیں اپنی بہن کا گھر ہی ملا؟" چوروں کو سپنوں میں بھی خیال نہیں تھا کہ انہیں کبھی ایسی صورتِ حال سے نپٹنا ہوگا۔ اُن کی زبان لڑکھڑا گئی۔ بڑی مشکل سے

ایک نے اپنے آپ کو سنبھالا اور کہنے لگا:

"کِک کون لُوٹنے آیا ہے ؟ ہم تو تمھیں ملنے آئے تھے بہنا۔ وہ تو اندھیرے کی وجہ سے ہم تمھارے گھر میں بھٹک رہے تھے۔ اُٹھ ہمارے لئے کھانا بنا۔"

بہن نے یہ اعتراض نہیں کیا کہ تم جھوٹ بول رہے ہو۔ اُٹھ کر چولھا جلایا اور کھانا بنانے لگ گئی۔ کھانا سب نے مل کر کھایا۔ جاتے ہُوئے دونوں چوروں نے بہن کے ہاتھ پر ایک ایک روپیہ رکھ دیا۔ بہن کو ملنے آئے تھے۔ خالی ہاتھ کیسے جا سکتے تھے!

پنجاب کی اُس فضا میں موہن سنگھ اور اوم پرکاش کی آپس میں دوستی ہو جانا کوئی حیرانی کی بات نہیں تھی۔ لیکن یہ حیرانی کی بات ضرور تھی کہ اُن کی دوستی ایک مثالی دوستی بن گئی۔ موہن سنگھ نے چھٹی جماعت کے بعد سکول چھوڑ دیا تو اوم پرکاش نے بھی چھوڑ دیا۔ موہن سنگھ نے جب اپنا کاروبار شروع کیا تو اوم پرکاش بھی چھوٹی سی ایک دوکان لے کر بیٹھ گیا۔

حیرانی کی بات اگر تھی تو یہ کہ اُن کی دوستی صرف اُن دونوں تک محدود نہ رہی۔ شادی موہن سنگھ کی پہلے ہوئی لیکن جب اوم پرکاش اپنی دلہن لایا تو رام پیاری نے پہلے دن سے ہی موہن سنگھ کی بیوی اِندر کور کو اپنی بڑی بہن تسلیم کر لیا۔ جب دونوں کے ہاں لڑکے پیدا ہُوئے تو یہ محبت اُن بچوں کی گھٹی میں سرایت کر گئی۔ موہن سنگھ کا مہندر اور اوم پرکاش کا نندکشور اُسی طرح یک جان ہو گئے جیسے اُن کے والدین تھے۔

موہن سنگھ کے ہاں تو مہندر کے بعد کوئی اولاد نہ ہُوئی۔ لیکن اوم پرکاش کی بیوی نے کچھ سالوں کے بعد ایک لڑکی کو جنم دیا جسے رانی کا نام دیا گیا۔ اِس سے بہتر نام شاید اُس کے لئے ممکن نہیں تھا۔ وہ واقعی رانی تھی، دو گھروں کی رانی۔

اُن دِنوں کے پنجاب میں لڑکی کی پیدائش کو بہت شبھ نہیں گنا جاتا تھا۔ کہتے تھے جس گھر میں لڑکی پیدا ہو گئی، سمجھو اُس کی قرق ہو گئی۔ صرف یہ نہیں کہ لڑکی کی شادی میں جہیز دینا پڑتا تھا۔ اِس کے علاوہ بھی بڑی ذمہ داریاں ہوتی تھیں لڑکی کے ماں باپ کی۔ بچپن سے لے کر اُس کی شادی تک اُس کی عزت و ناموس کی حفاظت ایک بڑی ذمہ داری کا کام تھا۔ لڑکی کی عزت گئی تو سمجھیے سارے خاندان کی ناک کٹ گئی۔ اُس کی شادی کے لئے دربدر بھٹک مناسب ور تلاش کرنا، شادی کے موقعہ پر اُس کے سسرال والوں کے ناز نخرے برداشت کرنا، اور شادی کے بعد سسرال میں اُس کے سُکھ کی چنتا کرنا، لڑکی کے ماں باپ کے فرائض میں شامل تھا۔ کہا جاتا تھا بیٹیوں کی مائیں کبھی چین کی نیند نہیں سوتی تھیں۔ بیٹیوں کے باپ ہمیشہ اپنی پگڑیوں کے شملے کی چنتا میں رہتے تھے کہ اِن پر اُن کی بیٹیوں کی وجہ سے کوئی داغ نہ لگ جائے۔

خود موہن سنگھ جب کسی پر ناراض ہو کر گالی دیتا تھا تو کہا کرتا تھا "چل لڑکی کا باپ"۔ اِس کے باوجود پتہ نہیں کیا بات تھی کہ گھر میں جتنا پیار بیٹی کو ملتا تھا، کبھی کسی بیٹے کے حصے میں نہ آیا۔ ماں گھر کا اختیار سونپتی تھی تو بیٹی کو۔ تبھی تو شادی کے وقت لڑکیاں گاتی ہیں نا کہ،

لے نی مائے سانبھ کنجیاں
دھیاں کر چلیاں سرداری

(لو ماں اب اپنے گھر کا اختیار سنبھالو، ہم نے جتنی دیر تمہارے گھر میں راج کرنا تھا کر لیا۔)

رانی کو ایک نہیں دو گھروں کی محبت حاصل تھی۔ موہن سنگھ اور اُس کی پتنی اندر کور تو اس کے دیوانے تھے۔ رانی نے اگر کہیں مذاق میں بھی موہن سنگھ کی دوکان پر کسی کپڑے کے بارے میں کہہ دیا کہ رنگ بہت پیارا ہے تو اگلے ہی دن اُس کپڑے سے رانی کا سوٹ سِل گیا۔ کھانے کے لئے کوئی نئی چیز گھر میں آئے

تو مہندر اور نند و کو ملے نہ ملے، رانی کو ملے گی ضرور۔ رانی کسی بات پر رُوٹھ جائے تو موہن سنگھ کسی سے سیدھے مُنہ بات نہیں کرتا تھا۔ اوم پرکاش اور رام پیاری اکثر جھنجھلا جاتے تھے کہ سب کے لاڈ پیار نے رانی کا دماغ خراب کر دیا ہے۔ لیکن کسی کی ہمت نہیں تھی رانی کو کسی بات پر ڈانٹ دے۔ سب جانتے تھے کہ اُس کا تایا کبھی یہ برداشت نہیں کرے گا۔

ویسے تو دونوں بھائی، مہندر اور نند کشور بھی رانی پر جان چھڑکتے تھے لیکن مہندر اس سلسلے میں نندو سے کچھ آگے ہی تھا۔ سڑک پر جاتے ہوئے کسی نے رانی کی طرف بُری نظر سے دیکھ لیا تو مہندر مرنے مارنے کو تیار ہو جاتا تھا۔ یہ الگ بات تھی کہ گھر جا کر وہ رانی کی گُت کھینچ کھینچ کر کہتا تھا کہ سڑک پر مٹک مٹک چلو گی تو جان سے مار دُوں گا۔

حالانکہ اوم پرکاش اور موہن سنگھ نے ایک ہی سطح پر زندگی شروع کی تھی، موہن سنگھ جلد ہی اُس سے آگے نکل گیا۔ اِس ترقی میں قسمت کے علاوہ اُس کے سُبھاؤ کو بہت دخل تھا۔ عجیب مرنجاں مرنج قسم کی طبیعت پائی تھی اُس نے۔ کوئی اُسے ایک بار مل جائے تو ہمیشہ کے لئے اُس کا گرویدہ بن جاتا تھا۔ اُس کی دوکان پر جو گاہک ایک بار آ گیا، پھر کہیں اور نہ گیا۔ ہر ایک کے ساتھ ہنس کر بولنا، آتے جاتے سے مذاق کرنا، یہ اس کی سرشت میں تھا۔ اِندر کور اکثر کہا کرتی تھی کہ اُسے کسی میراثی کے گھر جنم لینا چاہیئے تھا۔ موہن سنگھ جواب میں کہتا کہ وہاں پیدا ہونے سے اُس نے صرف اِس لئے انکار کر دیا کہ پھر اِندر کور سے شادی نہ ہو سکے گی۔

ایسے آدمی کا زندگی میں ترقی کرنا لازمی تھا۔ موہن سنگھ کا کاروبار دن بدن ترقی کرتا گیا۔ ایسے میں ایک دن مہاراجہ ملز کا ڈسٹرکٹ منیجر امرت لال کوہلی اُس کی دوکان پر آ گیا اور اس کے حسنِ سلوک سے اتنا متاثر ہوا کہ اُسے مہاراجہ ملز کی ایجنسی دلوا دی۔ ایجنسی ملنے کے بعد موہن سنگھ نے ریلوے روڈ

پر بڑی دوکان لے لی، جہاں مہندر اُس کا ہاتھ بٹانے لگا۔

موہن سنگھ کے حالات بہتر ہو جانے کے بعد بھی اُس کی اوم پرکاش سے دوستی اُسی طرح قائم رہی۔ ایک تو وہ زمانہ ایسا تھا کہ گھر بڑا بنا لینے کے بعد کوئی بڑا آدمی نہیں ہو جاتا تھا اور دوسرے یہ کہ اُن کی دوستی کی بنیاد اتنی مضبوط تھی کہ روپوں پیسوں کی کمی بیشی اُس کو ہلا نہیں سکتی تھی۔ ہاں اتنا فرق ضرور آیا کہ دونوں گھروں کے بڑے فیصلے اب اکیلا موہن سنگھ ہی کرنے لگا۔

۳

اوم پرکاش جب نندو کو لے کر موہن سنگھ کی دوکان پر پہنچا تو موہن سنگھ گدّی پر بیٹھا حساب کتاب دیکھ رہا تھا اور مہندر سیڑھی پر چڑھ کر تھان خانوں میں سجا رہا تھا۔ اوم پرکاش کو دیکھتے ہی مہندر سیڑھی سے نیچے اُتر آیا۔ موہن سنگھ نے اُسے نیچے دیکھ کر کہا:

"کیوں اوئے لنگورا، نیچے کیوں اُتر آیا ہے"

"چاچے کے لئے لسّی لینے جا رہا ہوں"

"کوئی ضرورت نہیں۔ جا اپنا کام کر۔ صبح صبح اگر اِس طرح لسّی پلانے لگے تو ہو چکی کمائی" موہن سنگھ نے ہنستے ہوئے کہا۔ اور پھر اوم پرکاش اور نندو کے لٹکے ہوئے چہرے دیکھ کر کہنے لگا،

"اوئے اومی مُنہ کیوں لٹکایا ہوا ہے، لسّی مانگنے والوں کی طرح۔ لسّی پلا دیں گے ویسے ہی"

جب دیکھا کہ اُس کے مذاق کا اوم پرکاش اور نندو پر کوئی اثر نہیں ہوا تو ذرا سا گھبرا کر پوچھا۔

"اومی سب ٹھیک تو ہے نا"

"کیا بتاؤں موہن، مجھے تو بتاتے ہوئے شرم آتی ہے۔"

"اب فٹافٹ بول دے ورنہ اِس ناپنے والے گز سے دو تین جڑ دوں گا۔ اتنا صبر مجھ میں نہیں ہے کہ تیری بات سُننے کے لئے گھنٹوں انتظار کرتا رہوں۔"

"نندو اس سال پھر فیل ہو گیا ہے۔" اوم پرکاش نے زمین کریدتے ہوئے کہا۔

یہ سُنتے ہی موہن سنگھ کھِلکھِلا کر ہنس دیا۔ اور کہنے لگا "اس میں نندو کا کیا قصور۔ تیرا بیٹا ہے نا۔ تجھ سے زیادہ عقل کہاں سے آتی اس میں۔ اپنے مہندر کی طرف دیکھ۔ مجھ پر گیا ہے مجھ پر۔ اسی لئے صرف دو بار فیل ہوا ہے ہر کلاس میں۔"

"تُو تو ہنس رہا ہے موہن سنگھا۔ اِس نالائق کے فیل ہو جانے سے تو میرے سارے ارمان مٹی میں مل گئے ہیں۔"

"فتح اور شکست دونوں میں خوش رہنا سیکھ او مِی۔ شکست سے مایوس نہیں ہونا چاہیئے۔ واہگورو سب کا پالن ہار ہے۔ ہاں اِس کے فیل ہو جانے سے ایک بات تو صاف ہو گئی۔ اب یہ سکول کے لائق نہیں رہا۔"

"مَیں تو سمجھتا ہوں اب یہ کسی کام کے لائق نہیں رہا۔"

"یہ تو تُو سمجھتا ہے نا۔ مَیں تو ایسا نہیں سمجھتا۔ نہیں پڑھا بو تو نہ سہی۔ اُس کو کام کاج پر لگا دیں گے۔ ہوشیار لڑکا ہے۔ دیکھنا دِنوں میں ترقی کر جائے گا۔"

"میرے کون سے کارخانے چل رہے ہیں موہن۔"

"تیری بات کون کر رہا ہے؟ اُس کے تائے موہن سنگھ کا اچھا خاصہ بزنس ہے۔ وہ اس کے ہاں کام کرے گا۔" اور پھر نند کشور سے مخاطب ہو کر کہنے لگا۔

"کیوں اوئے لنگورا سیڑھی پر چڑھنا آتا ہے تمہیں؟"

"ہاں تایا جی۔" نندو نے چہک کر کہا۔

"تو پھر چڑھ جانا اُس دوسری سیڑھی پر اور سمان ٹھیک سے لگا دے۔"

مہندر نے جب دیکھا کہ حالات معمول پر آ گئے ہیں تو اُسے یاد آیا کہ

وہ تولسی لینے جا رہا تھا۔ جُوتا پہنتے ہُوئے کہنے لگا۔

"دار جی، مَیں ابھی آیا، دو گلاس لسی لے آؤں"

"دو کس لئے؟"

"چاچے کے لئے اور نندو کے لئے"

"چاچا تو تمہارا مہمان، اُسے تو خیر لسی پلانی ہی پڑے گی۔ لیکن نندو کو کیوں؟ وہ تو اِس دوکان میں کام کرتا ہے"

یہ سُنتے ہی سب کھِلکھلا کر ہنس پڑے۔

اوم پرکاش جانے کے لئے کھڑا ہُوا تو دل ہی دل میں سوچ رہا تھا کہ کتنا عظیم انسان ہے موہن۔ مجھے تو موقعہ ہی نہیں دیا کہ مَیں نندو کے لئے اُس سے نوکری مانگوں۔ خود ہی فیصلہ کر دیا۔ موہن سنگھ نے جب اُسے اِس طرح خیالوں میں ڈُوبا ہُوا دیکھا تو پوچھ لیا۔

"کیا سوچ رہے ہو اومی؟"

"سوچنے کہاں دیتا ہے تو۔ سارے فیصلے خود ہی تو کر دیتا ہے۔ اب ایک چھوٹی سی بات میری بھی سُن لے"

"بول"

"نندو کو وہی تنخواہ دینا جس کا وہ حقدار ہو گا"

"کبھی کبھی مجھے لگتا ہے اومی کہ تمہیں عقل کبھی نہیں آئے گی۔ ارے بھائی میں اپنے یار کے بیٹے کو، بلکہ اپنے بیٹے کو اپنی دوکان پر نوکر رکھوں گا کیا؟ نوکری کرنی ہو تو شہر میں اور بیسیوں دوکانیں ہیں اس کے لئے۔ میری دوکان پر اب میرے دو بیٹے کام کریں گے، مہندر اور نندو۔ اور دونوں کو دس فیصدی حصّہ ملے گا منافعے میں۔ تنخواہ والی بات کہاں سے آ گئی بیچ میں"

اوم پرکاش جذبات سے مغلوب ہو کر موہن سنگھ کے پاؤں کی طرف جُھک گیا۔ موہن سنگھ نے اُسے ہاتھوں سے پکڑ کر سیدھا کھڑا دیا اور ہنستے ہوئے کہا،

"بہت جُھکا کر سَر۔ کُبڑا ہو جائے گا"

۴

ایک شام جب موہن سنگھ اور مہندر دوکان بند کر کے گھر لوٹ رہے تھے تو ایک حلوائی کی دوکان پر رُکتے ہوئے مہندر نے کہا:

"دار جی جلیبیاں لے لیں؟"

"رانی کے لئے نا؟" موہن سنگھ نے مسکراتے ہوئے کہا۔

"ہاں دار جی۔" رانی کو جلیبیاں بہت اچھی لگتی ہیں۔"

"مَیں جانتا ہوں لیکن کیا پتہ وہ اس وقت ہمارے گھر میں ہے یا اپنے گھر میں۔"

"میرا دل کہتا ہے وہ ہمارے گھر میں ہی ہو گی۔"

"کیوں بھائی؟"

"آج میرا جنم دن ہے دار جی۔"

"ارے یار مجھے تو پتہ نہیں تو کس دن پیدا ہوا تھا۔ تجھے کیسے پتہ؟" موہن سنگھ نے ہنستے ہوئے کہا۔

"دار جی مجھے کہاں پتہ ہے۔ وہ تو تم نے جو لکھوا دیا سکول میں، مَیں نے اُسے ہی اپنا جنم دن سمجھ لیا۔ ویسے مجھے تو وہ بھی یاد نہیں رہتا، لیکن رانی نہیں بھولتی۔"

"بہن جو ہے تیری"

موہن سنگھ نے ڈھیر ساری جلیبیاں ٹُلوا کر لوکری مہندر کے حوالے کر دی۔

گھر پہنچے تو رانی وہیں تھی۔ دیکھتے ہی تائے کے گلے کے ساتھ جھُوم گئی اور کہنے لگی۔

"تایا جی جانتے ہو آج کیا دن ہے؟"

"ہاں ہاں جانتا ہوں۔ آج مہندر کا جنم دن ہے"

"آپ کو کیسے پتہ؟"

"ایسے پتہ ہے پُتر کہ سکول سے اسے جنم دن ہی مِلا اور کچھ نہیں"

گھر میں ایک پیار بھرا قہقہہ گونج اُٹھا۔

"جا مہندر تیرے لئے جلیبیاں لایا ہُوا ہے اندر جا کے کھالے"

موہن سنگھ نے پیار سے اُس کی پیٹھ تھپتھپاتے ہوئے کہا۔

"ایسے تو کبھی نہیں کھاؤں گی، ویر۔ اپنے ہاتھ سے کِھلائے گا تو کھاؤں گی"

"اپنے ہاتھ سے ہی کِھلاؤں گا مرجانیے! اِدھر آجا اندر" مہندر بولا۔

کمرے میں جا کر رانی نے مہندر کے گلے لگتے ہوئے کہا:

"جُگ جُگ جیوے میرا ویر۔ اور اب کِھلا مجھے جلیبی" یہ کہتے ہوئے اُس نے اپنا چہرہ مہندر کے قریب کر دیا۔

صحن میں بیٹھے ہوئے موہن سنگھ اور اِندر کور نے ایک زنانے تھپڑ کی آواز سُنی اور اس کے ساتھ ہی رانی کی چیخ۔ وہ روتی بلکتی ہوئی باہر آگئی۔ مہندر اُس کے پیچھے پیچھے تھا۔ وہ غصّے سے پاگل ہو رہا تھا۔

اِندر کور دونوں کے درمیان کھڑی ہو گئی۔ اور چلّا کر کہا "مہندر اگر میری بیٹی کو ہاتھ لگایا تو ہاتھ توڑ دوں گی تمہارا"

"آج مَیں اِسے زندہ نہیں چھوڑوں گا ماں" مہندر گرجا۔

"ارے بھائی کیا ہُوا؟" موہن سنگھ بولا۔
"مَیں نے تو کچھ بھی نہیں کیا تایا جی۔ ایسے ہی ویر مجھے مارنے لگ گیا۔"
"اچھا تُو نے کچھ بھی نہیں کیا؟" اور پھر ماں سے کہنے لگا "ماں تُو بیچ میں سے ہٹ جا۔"
"آرام سے بتا مجھے کیا ہُوا ہے۔ چھوٹی بہنوں پر اِس طرح ہاتھ اٹھاتے ہیں بے شرم؟" اِندر کور بولی۔
"ہاں بیٹا بتا نا کیا ہُوا؟ اتنے پیار سے تُو اس کے لئے جلیبیاں لایا اور بھاگتا ہُوا گھر آیا کہ کہیں راہ میں ٹھنڈی نہ ہو جائیں اور آتے ہی اُسے مارنا شروع کر دیا۔ کیوں؟" موہن سنگھ نے پُوچھا۔
رانی کی روتے روتے ہچکی بندھ گئی تھی۔ اِندر کور گلے سے لگا کر اُسے اندر لے گئی یہ کہتے ہوئے "تو چل میری بچی۔ تیرے تایا جی سے اتنا پٹواؤں گی اِسے کہ ساری عمر یاد کرے گا۔"
جب یہ دونوں وہاں سے چلی گئیں تو موہن سنگھ نے مہندر کی طرف اِس طرح دیکھا جیسے پُوچھ رہا ہو کہ اِس پاگل پن کا کارن کیا تھا۔ مہندر نے رازدارانہ انداز میں اپنے دار جی کو بتایا۔
"دار جی تم نے اُس کے ہونٹ دیکھے؟ پتہ نہیں کیا لگا کر لال کئے ہُوئے تھے اُس نے۔ اِس طرح کے فیشن کرے گی تو مَیں اِس کی ہڈی پسلی برابر کر دوں گا۔"
موہن سنگھ بات کو سمجھ گیا۔ مہندر کو پیار سے اپنے قریب بٹھا کر کہنے لگا۔ "دیکھ پُتر مَیں تیرے غصّے کی وجہ سمجھ گیا ہوں۔ لیکن تو یہ نہیں سمجھتا کہ ہر لڑکی پر ایک وقت آتا ہے جب اُس کا سجنے سنورنے کو جی چاہتا ہے۔"
مہندر کچھ کہنے لگا تو موہن سنگھ نے ہاتھ کے اشارے سے منع کر دیا اور کہا: "اِس کا علاج مار پیٹ نہیں ہے پُتر۔ اِس کا علاج اور کچھ ہے۔ اچھا تو

تُو نے میرا دھیان اس طرف دلا دیا۔ مَیں کرتا ہُوں اس کا علاج۔ جا اب جا کے بہن کو منا لے۔"

مہندر کو اندر جانے کی ضرورت محسوس نہیں ہوئی۔ اِندر کور رانی کو لے کر خود ہی باہر آ گئی۔ جلیبیاں اب تھالی میں سجی ہُوئی اُس کے ہاتھ میں تھیں۔ اور اس کے ہونٹوں سے وہ سُرخی غائب تھی جس کی وجہ سے مہندر اتنا بپھر گیا تھا۔

مہندر کے مُنہ میں جلیبی رکھتے ہوُئے رانی نے تایا جی کی طرف دیکھ کر کہا۔

"تایا جی ایک تھپڑ مارو نا ویر کو، اِس نے مجھے مارا ہے۔"

"ہاں ہاں ضرور۔ بدلہ تو لینا ہی پڑے گا۔"

لیکن موہن سنگھ نے جب زور سے تھپڑ مارنے کے لئے مہندر کی طرف ہاتھ اُٹھایا تو رانی بیچ میں آ گئی۔

"تایا جی اتنی زور سے تھوڑا ہی مَیں نے کہا ہے۔ ایسے بس ذرا سا مار دو، ایسے" یہ کہتے ہوُئے اُس نے پیار سے مہندر کے گال پر ہاتھ لگایا اور اُس کے گلے لگ گئی۔

•

نند کشور ایک ہی سال میں دوکانداری کے سارے ہتھکنڈے سیکھ گیا۔ گاہکوں کے ساتھ ہنس کر بولنا، اُن کی پسند کی تعریف کرنا، موقعہ دیکھ کر بھاؤ گھٹانا بڑھانا، یہ سب اُس نے اپنے تائے سے سیکھ لیا۔ موہن سنگھ بھی دن بدن مہندر کے مقابلے میں اُس پر زیادہ بھروسہ کرنے لگا۔

ایک دن صبح صبح دوکان پر ایک پٹھان آیا جس کے ساتھ دو اور شخص تھے، ایک بزرگ اور دوسرا نوجوان۔ پٹھان کو دیکھتے ہی موہن سنگھ اپنی

گدی سے اٹھا اور اس کے گلے لگ گیا۔

"اتنے دن کہاں رہے دولت خاں؟"

"خو دال روٹی کے دھندے میں جُٹا ہوا تھا موہن سنگھ۔"

"کیا پٹھان بھی دال روٹی کھاتے ہیں تایا جی۔ مَیں سمجھتا تھا یہ صرف گوشت کھاتے ہیں۔" نندو بولا اور سارے ہنس دیئے۔

"خو یہ کون ہے موہن سنگھ؟"

"یہ میرا دوسرا بیٹا ہے۔ نند کشور۔"

"لڑکا ہوشیار لگتا ہے۔"

"اتنا ہوشیار ہے خان بھائی کہ اگر میں دوکان سے ہٹ جاؤں تو یہ تمھیں ابھی چھ قمیضوں کا کپڑا بیچ دے۔" موہن سنگھ بولا۔

"پر مجھے تو قمیض چاہیئے نہیں۔"

"تیرے چاہنے نہ چاہنے سے کیا ہوتا ہے دولت خان، یہ کپڑا بیچے گا اپنی زبان کی مٹھاس سے۔"

"نہیں خان چاچا، تایا جی تو مذاق کر رہے ہیں۔ ایسے کوئی زبردستی کپڑا تھوڑے ہی بیچ سکتا ہے؟ ویسے اگر آپ غور سے دیکھیں تو آپ کی شلوار کا رنگ پھیکا پڑ گیا ہے۔ کپڑا دکھاؤں نئی شلوار کے لئے؟" نندو بولا اور سب ہنس دیئے۔

"یہ گاہک نہیں ہے گدھے۔ یہ میرا یار ہے دولت خاں"—— موہن سنگھ بولا۔

"آپ کا یار ہے تو بھاؤ میں رعایت کر دیں گے۔"

ایک بار پھر سب ہنس پڑے۔

"کیسے آئے خان؟" موہن سنگھ نے پوچھا۔

"یہ میرا دوست ہے رام لبھایا۔ اور یہ ان کا بیٹا ہے شربتی۔"

خان نے اپنے ساتھیوں سے تعارف کراتے ہوئے کہا۔ "شربتی کو کل ہی سٹور کیپر کی نوکری ملی ہے۔"

"مبارک ہو پُتر۔" موہن سنگھ بولا۔

"اُس نوکری کے لئے دو ہزار کی ضمانت دینی ہے اِس نے۔ رام لبھایا بندوبست نہ کر سکا تو میرے پاس آیا۔ اور مَیں اِسے تیرے پاس لے آیا ہوں۔ دو ہزار کا فوراً بندوبست کر سکو گے؟"

"کیوں نہیں خان، تیرے لئے تو جان بھی حاضر ہے۔"

"یہی تو اَم بھی سب دوستوں کو کہتا ہے۔ اللہ کا شکر ہے کسی نے ابھی تک مانگی نہیں، ورنہ اب تک اللہ کو پیارا ہو گیا ہوتا۔"

ہنستے ہوئے موہن سنگھ نے مہندر کو اشارہ کیا اور اُس نے گلّے سے دو ہزار روپے نکال کر خان کے حوالے کر دیئے۔

"کہیں انگوٹھا لگوالو میرا۔" خان بولا۔

"تو نے زبان سے کہہ دیا نا، بس لگ گیا انگوٹھا۔"

موہن سنگھ نے بہتیرا زور دیا لیکن خان اور اُس کے ساتھی کچھ کھانے پینے کو راضی نہ ہوئے۔ وہ چلے گئے تو نندو بولا:

"تایا جی انگوٹھا لگوانے میں کیا ہرج تھا؟ بعد میں خان کے انگوٹھے سے سیاہی دُھلوا دیتے۔"

"اچھا اب تائے کے بھی کان کترنے لگا ہے۔ جہاں میری سوچ پہنچی ہے نا پُتر۔ تجھے وہاں تک پہنچنے میں عمر گذر جائے گی۔ جا دوڑ کر گودام سے لٹھا لدوا لا۔ دوکان میں ایک تھان بھی نہیں ہے۔"

نندو چلا گیا تو موہن سنگھ نے مہندر سے پوچھا۔ "کیا خیال ہے مہندیا تیرا؟"

"کس بارے میں دار جی؟"

"یار یہ جو لڑکا تھا خان کے ساتھ شربتی۔"

"لڑکا تو اچھا ہی لگ رہا تھا۔ آپ کیوں پوچھ رہے ہیں؟"

"مَیں سوچ رہا تھا لڑکا اچھا ہے۔ اچھی نوکری مل گئی ہے۔ اپنے خان کا دیکھا بھالا گھر ہے۔ کیوں نہ اپنی رانی کی بات چلائیں اِس سے۔"

"نندو سے صلاح کر لیں؟"

"نہیں نہیں۔ وہ تو صرف فائدہ نقصان ہی سمجھتا ہے اور رشتے کیے جاتے ہیں بھروسے پر، دل کی آواز پر۔ اِس لئے مَیں نے اُسے بھگا دیا۔ اور پھر رانی کے بارے میں صلاح تو تجھ سے ہی کرنی ہوگی نا۔ تو بڑا بھائی ہے اُس کا۔"

"مجھے تو ٹھیک ہی لگ رہا ہے۔ لیکن آپ ان کے گھر جا کے تھوڑی چھان بین کر لیں تو اچھا رہے گا۔"

"ہاں، وہ تو ہے ہی۔ مَیں دولت خان سے بھی مشورہ کروں گا اور راول پنڈی جا کر اُن کا گھر بار بھی دیکھ آؤں گا۔"

دولت خاں کا کہنا تھا کہ رام لبھایا بہت اچھا آدمی ہے۔ شہر میں اور لوگوں نے بھی اُس کی تعریف کی۔ لڑکے سے بات کی تو وہ بھی راضی ہو گیا۔ چنانچہ موہن سنگھ نے زبان دے دی۔ ایک اتوار کو مہندر کو بھیج کر موہن سنگھ نے اوم پرکاش کے پریوار کو اپنے گھر بلا لیا۔

رام پیاری نے موہن سنگھ کے گھر داخل ہوتے ہی کہا:

"کیا بات ہے بھراجی، آج سویرے سویرے ہم سب کو بلا لیا۔"

"بھرجائی تو کون سا ہاتھی پر چڑھ کر آئی ہے۔ اومی تجھے پیدل ہی لایا ہوگا۔" موہن سنگھ نے مذاق کیا اور پھر نندو اور مہندر سے مخاطب ہو کر کہا

"جاؤ پُتر دو رسوئی میں مٹھائی پڑی ہے۔ تھالی میں ڈال کر لے آؤ۔ دونوں جب چلے گئے تو موہن سنگھ نے رانی سے کہا:

"کڑیے تو کیوں ڈٹ کر کرسی پر بیٹھی ہوئی ہے۔ جا رسوئی میں جا کر بھائیوں کی مدد کر۔"

"تایا جی انھیں کرنے دو رسوئی کا کام۔ سیکھ جائیں گے تو اُن کی بیویوں کو پریشانی نہیں ہوگی"۔ رانی بولی۔

"اچھا تیری زبان بھی چلنے لگی ہے اپنے تائے کی طرح"

"تائے سے یہ بھی نہیں سیکھوں گی تو پھر اور کیا سیکھوں گی" رانی بولی

"اچھا بچو اگر یہ بات ہے تو آج ہی اِس گھر سے دفع کرنے کا بندوبست کرتا ہوں تیرا"

رانی شرما کر اندر چلی گئی۔

"دیکھا رام پیارے بھگا دیا نا اُسے" موہن سنگھ ہنستے ہوئے بولا۔

"اِس ایک مذاق سے ہی تو لڑکیاں شرما جاتی ہیں بھرا جی"

"مَیں مذاق نہیں کر رہا ہوں رام پیارے۔ مَیں نے کل ہی رانی کے رشتے کے لئے ہاں کر دی ہے"

"کہاں؟ کس کو؟ مجھے تو تُو نے کچھ بتایا ہی نہیں" اوم پرکاش بولا۔

"ہر بات تجھے بتانے کی ضرورت نہیں ہے اومی" موہن سنگھ گرجا۔

"ہائے ہائے گرم کیوں ہوئے جاتے ہو" اِندر کور نے موہن سنگھ کو چُپ کراتے ہوئے کہا اور پھر اوم پرکاش سے کہنے لگی "بھرا جی لڑکا بڑا نیک سبھاؤ کا ہے۔ اچھی نوکری ہے اُس کی۔ مجھے لگتا ہے لالچی بھی نہیں ہیں وہ لوگ۔ لڑکے کے باپ کا نام رام لبھایا ہے۔ راولپنڈی میں رہتا ہے"

"مَیں جانتا ہوں رام لبھائے کو" اوم پرکاش بولا۔

"یہ تو اور بھی اچھا ہوا" اِندر کور خوش ہو گئی۔

"ویسے مَیں نے سوچ سمجھ کر ہی فیصلہ کیا ہے۔ اگلے اتوار وہ لوگ تمھارے گھر آئیں گے۔ یہی بتانے کے لئے تمھیں بلایا ہے۔" موہن سنگھ بولا۔

"جب سب کچھ تم ہی کر رہے ہو بھراجی تو شگن بھی خود ہی دے دیتے۔" رام پیاری نے چھیڑا۔

"دے تو دیتا لیکن مَیں چاہتا تھا کہ اپنے گھر میں رانی بھی چوری سے ایک نظر لڑکے کو دیکھ لیتی۔"

کیا بات کرتے ہو بھراجی۔ ہماری لڑکیاں کیا اپنے وَر کو شادی سے پہلے دیکھتی ہیں؟" اور پھر اوم پرکاش کی طرف اشارہ کرکے بولی "مَیں نے کیا انھیں دیکھا تھا شادی سے پہلے۔"

"نہیں دیکھا تھا رام پیارے۔ تبھی تو اتنے بدشکل آدمی سے تیسری شادی ہوئی۔" موہن سنگھ نے قہقہہ لگایا۔

ایک ہفتے کے بعد رانی کا رشتہ شربتی لال سے طے ہوگیا۔ ایک مہینے کے بعد شادی بھی ہوگئی۔ رانی کے جہیز میں کافی سامان تھا۔ لیکن کسی کو یہ پتہ نہیں چلا کہ موہن سنگھ نے کیا دیا اور اوم پرکاش نے کیا۔ رام لبھایا جہیز دیکھ دیکھ کر بہت خوش نظر آرہا تھا۔ لیکن پتہ نہیں کس طرح سُن لیا موہن سنگھ نے شربتی کو اپنی ماں سے کہتے ہوئے کہ یہ لوگ نقد کچھ نہیں دے رہے ہیں! موہن سنگھ کے ماتھے پر بَل سا پڑ گیا۔ لیکن فوراً ہی اپنے آپ کو سنبھالتے ہوئے اُس نے جیب سے تین ہزار روپے نکالتے ہوئے رام لبھائے سے کہا۔

"دیکھو نا بھائی، مَیں بھی کتنا بھلکڑ ہوں۔ نقد جو جہیز میں رکھنا تھا، وہ میری جیب میں ہی رہ چلا تھا۔ یہ سنبھالو اپنی امانت۔"

کچھ دیر بعد رانی کی ڈولی رخصت ہوگئی۔ رانی سب کے گلے مل کر

بہت روئی۔ یہ عجیب وقت ہوتا ہے گھر والوں کے لیۓ۔ وہ اپنی بیٹی سے بچھڑنے کے غم میں روتے بھی ہیں اور دل میں ایک عجیب طرح کی مسرت کا احساس بھی ہوتا ہے کہ وہ اپنی ذمہ داری سے سبکدوش ہو گئے۔ لیکن رانی جب موہن سنگھ سے گلے مل رہی تھی تو اُس کے دل سے بار بار یہ دُعا نکل رہی تھی کہ اسے سچے پاتشاہ۔ اے دو جہاں کے مالک، میری بھولی سی بیٹی پر اپنی رحمتوں کا سایہ رکھنا۔ میری ارداس ہے واہیگورو کہ رانی کو کبھی دُکھ کی گرم ہوائیں چھو کر بھی نہ جائیں۔

۵

دس بجنے کو آئے تھے لیکن موہن سنگھ ابھی تک دوکان پر نہیں گیا تھا۔ اصول تو اس کا یہ تھا کہ دوکان پر سورج نکلنے سے پہلے پہنچ جانا چاہیئے۔ لیکن آج اُس کے گھر پر رہنے کی ایک خاص وجہ تھی۔ اُسے کل ہی اپنے دوست بشن سنگھ کا پوسٹ کارڈ ملا تھا کہ وہ اُسے ملنے آرہا ہے اور یہ کہ وہ سیدھا گھر آئے گا۔

موہن سنگھ کی سمجھ میں تو نہیں آیا کہ بشن سنگھ کیوں آرہا ہے۔ لیکن اِندر کور کو اپنی چھٹی حس سے شاید پتہ چل چکا تھا کہ معاملہ کیا ہے۔ چنانچہ صبح ہی وہ گھر کی صفائی میں لگ گئی۔ جب وہ بیٹھک میں پڑی کرسیاں جھاڑ رہی تھی تو موہن سنگھ نے اُسے ٹوکا۔

"کیا کر رہی ہے اِندر کورے۔ ساری گرد اُڑ کر میرے کُرتے پر پڑ رہی ہے۔"

"کرسیاں نہ جھاڑوں؟ مہمان آئیں گے تو کیا گندی کرسیوں پر بیٹھیں گے؟"

"اِندر کورے تمہیں اتنا بھی نہیں معلوم کہ جب مہمان کرسیوں پر

بیٹھیں گے تو کرسیاں اپنے آپ صاف ہو جائیں گی۔"

دونوں ہنسنے لگے۔

اتنے میں دروازے پر کسی کے کھانسنے کی آواز آئی۔ موہن سنگھ نے اندازہ لگایا کہ بشن سنگھ آ گیا ہے۔ وہیں بیٹھے بیٹھے آواز دی،

"بشن سنگھ اندر آ جا بغیر کھانسے۔ گھر میں ایسا کوئی نہیں جو تم سے پردہ کرے۔"

بشن سنگھ اپنی بیوی مایا دیوی کو لے کر اندر آیا تو کہنے لگا:

"میرے گھر میں میری بہو ہے نا پردہ کرنے والی موہن سنگھا۔ اس لئے گھر میں داخل ہونے سے پہلے کھانسنے کی عادت پڑ گئی ہے۔"

بشن سنگھ اور اس کی بیوی جب بیٹھ گئے تو موہن سنگھ نے پوچھا:

"کیسے آئے بشن سنگھ؟"

"تم بھی حد کرتے ہو؟ تیرے گھر میں تیرا بیٹا جوان ہے۔ ایسے گھروں میں تو بیٹی والوں کا تانتا بندھ جاتا ہے اور تو پوچھ رہا ہے کہ کیسے آئے؟"

"اچھا اچھا۔ تو تم رشتہ لے کر آئے ہو" اور پھر اندر کور سے مخاطب ہو کر کہنے لگا:" اندر کورے جب ان کے لئے لسی پانی کا انتظام کرنے رسوئی میں جاؤ تو اس بات کا خیال رکھنا کہ بشن سنگھ رشتہ لے کر آیا ہے۔"

"لسی پانی بھی پی لیں گے پہلے لڑکے سے تو ملواؤ۔"

"لڑکا تو اس وقت دوکان پر ہے۔"

"بلکہ دونوں لڑکے دوکان پر ہیں۔ وہیں دیکھ آؤ۔ جو تمھیں پسند ہو اُس کی بات کر لیں گے۔"

بشن سنگھ اُٹھ کھڑا ہوا تو موہن سنگھ نے روکا کہ لسی تو پی جاؤ۔

"لسی کی کیا جلدی ہے، آ کر پی لیں گے" مایا دیوی نے جواب دیا۔

"سوچ لے مایا دیئے۔ اگر تمھیں ہمارا لڑکا پسند آ گیا اور تو نے ہاں

کر دی تو یہ تیری بیٹی کا گھر ہو جائے گا۔ پھر اس گھر کا پانی پینا تیرے لئے مشکل ہو جائے گا۔"

ہنستے ہوئے جب بشن سنگھ اور مایا دیوی باہر نکلے تو مایا دیوی نے پوچھا: "کیا ان کے دو لڑکے ہیں؟"

"تمہیں نہیں پتہ مایا دیئے کہ موہن سنگھ کے دوست اوم پرکاش کا بیٹا بھی تو سمجھو اسی کا بیٹا ہے۔"

"یہ تو سارے علاقے کو پتہ ہے کہ اوم پرکاش کی بیٹی کی شادی موہن سنگھ نے ہی کی تھی لیکن مجھے یہ پتہ نہیں تھا کہ اُس کا ایک بیٹا بھی ہے۔"

"سارے علاقے میں کسی کو پتہ نہیں کہ ان دو گھروں میں کس کا کیا ہے۔ سگے بھائیوں میں بھی ایسا پیار کسی نے کم ہی دیکھا ہے۔"

دوکان پر پہنچے تو نند کشور گدی پر بیٹھا تھا اور مہندر تھان تہ کر رہا تھا۔ بشن سنگھ نے مردانہ قمیضوں کے لئے کپڑا دکھانے کو کہا۔ کافی دیر بھاؤ تاؤ کرنے کے بعد بشن سنگھ نے سات آنے گز والا کپڑا چھ قمیضوں کے لئے لے لیا۔

واپس گھر پہنچ کر انھوں نے دونوں لڑکوں کی بہت تعریف کی اور کہا کہ عمر کے لحاظ سے نند کشور اُن کی لڑکی کے لئے زیادہ مناسب رہے گا۔

"اچھی طرح ٹھوک بجا کر دیکھ لیا تا؟" اندر کور نے پوچھا۔

"اِس ٹھوک بجانے کے چکر میں تو ہمیں یہ کپڑا بھی خریدنا پڑا۔"

"کیا بھاؤ دیا اُس نے یہ کپڑا؟" موہن سنگھ نے پوچھا۔

"سات آنے گز۔"

"بے بھائی دیکھ لے اپنے لاڈلے نند کی کرتوت۔ پانچ آنے گز والا کپڑا اجڑ دیا بشن سنگھ کو سات آنے گز۔"

"شادی ہونے والی ہے اُس کی۔ آمدن تو بڑھانی ہی پڑے گی"
اندر کور نے ہنستے ہوئے جواب دیا۔

"لے اندر کورے بدھائی ہو، تیرے نندو کا رشتہ تو ہو گیا۔"
بشن سنگھ نے کہا۔

"ہاں تو ہم نے کر دی۔ اب آگے کیا کرنا ہے" مایا دیوی نے پوچھا۔

اندر کور نے اپنا دوپٹہ پھیلاتے ہوئے کہا: "لے بہن یہ رہی ہماری جھولی۔ اِس کو بھرنا اب تیرا کام ہے"

"اوم پرکاش سے بات کریں؟" مایا دیوی نے پوچھا۔

"کس لئے؟" موہن سنگھ نے آواز کو تیز کرتے ہوئے کہا۔

"ویسے تو آپ کی ہاں ہی ہمارے لئے بہت ہے لیکن بھرا جی اوم پرکاش کا بھی تو کچھ حق ہے نا لڑکے پر"

"ہاں ہاں تو اُسے بارات میں لے چلیں گے"
سب کھلکھلا کر ہنس پڑے۔

کچھ سوچ و چار کے بعد فیصلہ ہوا کہ شگن کی مٹھائی اور پھل لے کر اوم پرکاش کے گھر جایا جائے اور نندو کا ٹھاکہ وہیں ہو۔

•

موہن سنگھ جب سامان سے لدا پھدا تانگہ لے کر اوم پرکاش کے گھر پہنچا تو اوم پرکاش اور رام پیاری حیران رہ گئے۔ کچھ سمجھ میں نہیں آ رہا تھا کہ ماجرا کیا ہے۔ موہن سنگھ اُن کی پریشانی سے بڑا لطف اندوز ہو رہا تھا۔ مونچھوں پر مسکراہٹ سجائے اور بغیر کچھ کہے سُنے اُس نے تانگے سے مٹھائیوں کے ڈبے اور پھلوں کے ٹوکرے اُتارنے شروع کر دیئے۔

جب اوم پرکاش کا تجسس حد سے بڑھ گیا تو اُس نے پوچھا:

"موہن سنگھ یہ سب کیا ہے"

"اِدھر مٹھائی ہے اور وہ پھل کے ٹوکرے ہیں" موہن سنگھ نے جواب دیا۔

"ہاں، لیکن یہاں کیوں لائے ہو"

"میری مرضی"

"موہن سنگھ کبھی ایسی بات بھی کیا کرو جو کسی مجھ جیسے سادھارن آدمی کی سمجھ میں آجائے"

"سمجھا بھی دوں گا۔ پہلے سامان تو اُتروا"

اتنے میں مہندر اور نندکشور گھر میں داخل ہوئے۔ اندر آتے ہی نندکشور نے کہا: "کیوں تایا جی دوکان کیوں بند کروادی۔ کیا کوئی لیڈر سُرگباش ۔ ۔ ۔ ۔"

"بیوقوف کبھی عقل کی بات بھی کیا کر" اور پھر بشن سنگھ کی طرف اشارہ کرتے ہوئے موہن سنگھ نے کہا "اِن کو پہچانتے ہو"

"جی تایا جی۔ آج صبح ہی میں نے انھیں چھ قمیضوں کا کپڑا بیچا ہے۔ کیا کپڑے میں کوئی نقص نکل آیا سردار جی؟"

"سردار جی کے بچے میں دوکان پر نہیں ہوتا تو گاہکوں کو ٹھگتے ہو"

"وہ تو تایا جی آپنے خود ہی سکھایا ہے کہ گاہک کو کپڑا اس طرح بیچو کہ اُس کے تن پر پہلے جو کپڑے ہیں وہ اُتار لو"

اِس پر ایک زوردار قہقہہ پڑا۔ موہن سنگھ کہنے لگا: نندو، اِس لوٹ پر ویسے تو تمھیں دس جُوتے مارنے چاہئیں لیکن سردار بشن سنگھ پتہ نہیں کیوں تیری اِس حرکت پر خوش ہو کر تجھے اپنا داماد بنا رہا ہے۔ آ ان کے پاؤں چھو"

"موہن سنگھ تُو نے نندو کا رشتہ کردیا" اوم پرکاش نے حیران ہو کر پُوچھا۔

"اور کیا؟ اور اتنا حیران کیوں ہو رہے ہو۔ لڑکا اب کام دھندے پر لگ گیا ہے۔ آمدن بڑھانے کے طور طریقہ بھی سیکھ گیا ہے۔ اچھا رشتہ آیا مَیں نے ہاں کر دی۔ اب تو سمجھ میں آ گیا ہوگا کہ مَیں یہ مٹھائی کیوں لایا ہُوں۔"

"واہ موہن سنگھا۔ مجھے معلوم نہیں تھا کہ تو اتنا بیوقوف ہے۔"

"اب لگ گیا نا پتہ۔ جا، جا کر باہر کی ہوا کھا۔ مجھے اپنے بیٹے کی منگنی کی رسم ادا کرنی ہے۔" موہن سنگھ گرجا۔

"ہائے ہائے تم تو فوراً آگ بگولا ہو جاتے ہو۔ پوچھو تو سہی بھرا اوم پرکاش کو اعتراض کیا ہے اِس رشتے پر۔" اِندر کور بولی۔

"مَیں کیوں پُوچھوں؟ لڑکا میرا۔ مَیں نے رشتہ منظور کر لیا۔ ایسے بیوقوفوں کی بات سُننے لگوں تو میرا تو کوئی کام ہی سرے نہ چڑھے۔"

"ارے عقل کے اندھے، بڑے بیٹے کے بیٹھے ہوئے چھوٹے کا شگن لے رہا ہے؟" اوم پرکاش بولا۔

"بڑا بیٹھا نہیں رہے گا اومی۔ اُس کا رشتہ آئے گا تو اُس کا بھی کر دوں گا۔"

"ہر بات تیری نہیں چلے گی موہن سنگھا۔ مَیں مہندر کے رشتے سے پہلے نندو کا رشتہ نہیں ہونے دُوں گا۔"

"تو پھر چل نکل یہاں سے۔ مجھے اپنا کام کرنے دے۔"

"بھرا جی نندو کے پتا غلط بات نہیں کہہ رہے۔" رام پیاری بولی۔

"رام پیاریے، پتی برتا ہونا استری کے لئے اچھی بات ہے۔ لیکن مورکھ کا ساتھ دینا عقل مندی نہیں۔" موہن سنگھ بولا۔ اور پھر نندو کو مخاطب کر کے کہنے لگا۔ "چل بیٹے اِدھر آ۔ میرے پاس آ کر بیٹھ۔"

اوم پرکاش بشن سنگھ کے پاس جا کر ہاتھ جوڑ کر کہنے لگا "سردار بشن سنگھ، موہن سنگھ میں تو عقل ہے نہیں۔ تم ہی بتاؤ، کوئی بڑے لڑکے کو

چھوڑ کر چھوٹے کا رشتہ کرتا ہے کیا؟"

اِس سے پہلے کہ بشن سنگھ کوئی جواب دیتا، موہن سنگھ بول پڑا:

"ہاں مَیں کرتا ہُوں۔ دیکھتا ہُوں تُو کیسے مجھے روکتا ہے۔"

اِس سے پہلے کہ بات بڑھ جاتی، مایا دیوی اُٹھ کھڑی ہُوئی اور ہاتھ جوڑ کر کہنے لگی:

"بھرا موہن سنگھ جی۔ آپ نے ہماری بیٹی کا رشتہ منظور کر کے ہمیں بڑا سمّان دیا ہے۔ ہم پر ایک دیا اور کیجیے۔"

"کیا؟"

"کیا آپ مہندر کے لئے میری چچیری بہن کی بیٹی کا رشتہ منظور کریں گے۔ آپ تو سردار گورنام سنگھ کو جانتے ہیں۔ لڑکی اُن کی میری لڑکی سے بھی قد میں لمبی ہے۔ مہندر سے میل کھاتی ہے۔ آپ ہاں کرو تو مَیں کل ہی اُس کا شگن لے کر آتی ہُوں۔"

"کیوں قانونی رام جی، ہاں کہہ دیں۔" موہن سنگھ نے اوم پرکاش کو چھیڑا۔

"مَیں کہہ بھی دُوں تو تُو کون سا مانے گا۔ چلے گی تو تیری ہی۔ کم پڑھے لکھے آدمی میں یہی نقص ہوتا ہے کہ وہ ضدّی بہت ہوتا ہے۔" اِس بات پر دونوں کھلکھلا کر ہنس پڑے۔

بشن سنگھ اُن کے ہنسنے کی وجہ سمجھ نہ سکا۔ پوچھنے لگا: "کیوں بھئی موہن سنگھ کم پڑھے اور زیادہ پڑھے کا کیا قصّہ ہے؟"

"قصّہ یوں ہے بشن سنگھا کہ مَیں نے چھٹی پاس کرنے کے بعد سکول جانا بند کر دیا تھا۔ سکول تو اومی نے بھی چھوڑ دیا لیکن تھوڑا بعد میں۔ تب تک یہ ساتویں جماعت بھی آدھی پڑھ چکا تھا۔ اس لئے ہمیشہ اپنے آپ کو مجھ سے زیادہ پڑھا لکھا آدمی سمجھتا ہے۔

سب ہنس پڑے۔ فضا ایک دم معتدل ہو گئی۔

موہن سنگھ چاہتا تھا کہ منگنی کی رسم جلدی سے پوری کر دی جائے بغیر کسی کو مخاطب کئے اُس نے کہا " کوئی جاؤ اور گوردوارے سے بھائی کو بلا لاؤ۔ ارداس کرنی ہے نندو کے شگن کی۔" اُس کی بات کے جواب میں رانی اندر کمرے سے باہر صحن میں آ گئی اور کہنے لگی " مَیں بلا لاؤں تایا جی۔"

موہن سنگھ رانی کو یُوں اچانک دیکھ کر حیران رہ گیا۔

" پتر تو کب آئی؟"

"کل رات کو آئی تھی۔"

" اچانک کیسے چلی آئی۔"

" بس چلی آئی۔"

" یہ بھی کوئی بات ہے چلی آئی۔ ایک بار تمہیں سُسرال بھیج دیا تو کھیل ختم اور پیسہ ہضم۔ پھر تو تبھی آئے گی جب ہم تجھے بلائیں گے۔"

" تو مَیں ابھی واپس چلی جاتی ہُوں۔" رانی رُوٹھتے ہُوئے بولی۔

" کر دیا نا ناراض بیٹی کو۔" اندر کور بولی۔

" ارے یہ کیا روٹھے گی اپنے تائے سے۔ مَیں نے تو یوں ہی پوچھ لیا۔ مَیں تو سمجھتا ہُوں اس نے اچھا کیا آ گئی۔ اتنی مٹھائی مَیں اکیلا کھا سکتا تھا کیا؟"

سب ہنس پڑے۔

منگنی کی رسم پُوری ہو جانے کے فوراً بعد نند کشور اور مہندر دوکان کو لوٹ گئے۔ تھوڑی دیر بعد بشن سنگھ اور مایا دیوی بھی رخصت ہو گئے۔ جب صرف گھر کے لوگ رہ گئے تو موہن سنگھ رانی کے پاس جا بیٹھا اور کہنے لگا

"اب بتا بیٹا تو اچانک اپنے سسرال سے کیوں چلی آئی؟"
جواب میں رانی تایے کے گلے لگ گئی۔ اُس کے مُنہ سے کوئی آواز نہ نکلی۔ لیکن جیسے اُس کی خاموشی نے سب کچھ کہہ دیا ہو، موہن سنگھ کے چہرے پر دُکھ کی لکیریں اُبھر آئیں۔ باپ بیٹی کا رشتہ بھی عجیب رشتہ ہے۔ لب کھولے بغیر ایک دوسرے کے دُکھ درد کو سمجھ لیتے ہیں۔
اوم پرکاش نے موہن سنگھ کے چہرے پر اُبھری ہوئی دُکھ کی لکیروں کو جیسے پڑھ لیا۔ اُسے لگا کہ چونکہ رانی کا رشتہ موہن سنگھ نے کیا تھا۔ وہ رانی کی پریشانی کے لئے اپنے آپ کو ذمہ دار ٹھہرائے گا۔ اِسی لئے فوراً بول اُٹھا:
"کچھ نہیں یار۔ میاں بیوی میں معمولی جھڑپ ہوئی تو رانی میکے چلی آئی۔ کل ہی ڈانٹ کر واپس بھیج دُوں گا۔ میاں بیوی نہیں لڑیں گے تو اور کون لڑے گا۔"
اوم پرکاش نے بزعم خود موہن سنگھ کو ہنسانے کی کوشش کی تھی۔ لیکن نتیجہ اُس کی کوشش کا بالکل اُلٹ نکلا۔ موہن سنگھ نے قدرے غصے میں کہا:
"مَیں سمجھتا ہُوں، مَیں خوب سمجھتا ہُوں میاں بیوی کے جھگڑوں کو۔ کوئی ضرورت نہیں ہے مجھے سمجھانے کی۔ اور سُن کوئی ضرورت نہیں ہے مجھے تمھاری مدد کی۔ مَیں خود ہی اِس اُلجھن کو سلجھاؤں گا، سمجھے۔" اس کے بعد رانی کے سر پر پیار سے ہاتھ پھیرتا ہُوا وہ اُٹھ کھڑا ہُوا اور کہنے لگا۔
"رانی بیٹا، اب تو آئی ہے تو اپنے بھائیوں کی شادی تک یہیں رہ۔ اتنا کام ہے مجھ اکیلے سے ہو گا کیا؟ اور سُن فکر کرنے کی کوئی ضرورت نہیں۔ میاں بیوی میں جھگڑے تو ہوتے ہی رہتے ہیں۔"
"یہی تو مَیں نے کہا تھا۔" اوم پرکاش نے مسکراتے ہوئے کہا

"ہاں ہاں تو نے کہا تھا اور میں نے سن لیا تھا" یہ کہہ کر موہن سنگھ اٹھ کر چل دیا۔

شادی کی تیاریاں شروع ہوگئیں۔ موہن سنگھ کے پاؤں زمین پر نہیں لگ رہے تھے۔ اپنی اولاد کا بیاہ ایک بہت بڑا قرض ہوتا ہے ہر باپ پر اور موہن سنگھ تو اپنے دونوں بیٹوں کا یہ قرض ایک ساتھ ادا کر رہا تھا۔

ایک دن دوکان پر بیٹھے ہوئے موہن سنگھ نے نندو اور مہندر کو ایک ساتھ مخاطب کرتے ہوئے کہا "تم دونوں آج پنڈی چلے جاؤ۔"

"کیوں دار جی؟" مہندر نے پوچھا۔

"بھوٗ رانی کے سسرال والوں کو تم دونوں کی شادی کا نیوتا دینا ہے۔"

"چھٹی لکھ دیتے ہیں تایا جی۔ جائیں گے تو کام کا ہرج ہوگا۔" نندو بولا۔

"ہر وقت فائدے نقصان کی نہیں سوچتے پتر۔ ان کا رشتہ ہمارے ساتھ صرف قریبی ہی نہیں، ۔۔ بہت اونچا ہے۔ جا کر کہنا ہی ٹھیک رہے گا۔ ابھی نکل جاؤ اور شام تک لوٹ آنا۔ بہن کے سسرال میں رات کو ٹھہرنا ٹھیک نہیں۔"

"تایا جی دونوں کیوں جائیں؟ مہندر چلا جائے۔ میں دوکان کا کام دیکھتا ہوں۔" نندو بولا۔

"نہیں نہیں دونوں جاؤ۔"

"کوئی چکر ہے کیا دار جی؟" مہندر نے پوچھا۔

"ایسا کوئی خاص چکر نہیں ہے۔ شربتی میں تھوڑا بچپنا ہے ہو سکتا ہے وہ اِسی بات کا بُرا مان جائے کہ اُسے نیوتا دینے ایک بھائی آیا ہے دوسرا نہیں۔"

"رانی نے تو کبھی شربتی کی کوئی شکایت نہیں کی۔" نندو بولا۔

"اچھے گھروں کی لڑکیاں گُھل گُھل کر مر جاتی ہیں لیکن زبان پر شکایت کا حرف نہیں لاتیں۔"

"دار جی ایک بات سُن لو۔ اگر شربتی نے رانی کو کچھ اُلٹا سیدھا کہا تو میں اُس کی ۔ ۔ ۔ ۔ ۔"

مہندر کو ٹوکتے ہوئے موہن سنگھ بولا "اِسی لئے تو تجھے اکیلا نہیں بھیج رہا۔ تُو ایک دم گرم ہو جاتا ہے۔ اِس وقت تو تم لوگ جا کر اُسے شادی کا نیوتا دے آؤ۔ بعد میں مَیں سنبھال لوں گا۔ اور سُنو، خالی ہاتھ نہیں جانا۔ ڈھیر سارا پھل لے جانا اور خبردار کوئی گرم ہُوا تو ۔ ۔ ۔"

مہندر اور نند کشور جب دوکان سے نکلنے لگے تو موہن سنگھ نے آخری ہدایت دی "سیدھا یہاں سے بس اڈے پر جاؤ، گھر میں خبر کرنے کی کوئی ضرورت نہیں ہے۔"

نندو اور مہندر جب شربتی کے گھر پہنچے تو شام کے قریب چار بج رہے تھے۔ رام لبھایا اور اُس کی بیوی نے اُن کی بہت آؤ بھگت کی۔ بڑے خلوص سے سب کی خیر خیریت دریافت کی۔ شادی کی دعوت کو انھوں نے بڑی خندہ پیشانی سے قبول کیا۔ لیکن جونہی نند کشور نے کہا کہ جیجا جی کو شادی سے کم از کم ایک ہفتہ پہلے بھیج دینا تو رام لبھایا سوچ میں ڈوب گیا کہنے لگا اُس سے خود ہی بات کر لو۔ وہ اپنی مرضی کا مالک ہے، شاید میرے کہنے سے نہ مانے۔"

"نہ مانے؟" مہندر بولا "آپ کیا کہہ رہے ہیں چاچا جی۔ جیجا جی ہمارے

سب کے قریبی رشتہ دار ہیں۔ اُن کے بغیر برات سجے گی کیا؟ انہیں تو آنا ہی ہوگا
یہ بات ہو ہی رہی تھی کہ شربتی شراب کے نشے میں جھومتا ہوا گھر میں داخل ہوا۔ وہ اِن سب کے پاس سے یوں گذر گیا جیسے دیکھا ہی نہ ہو۔ رام لبھائے نے اُسے متوجہ کرتے ہوئے کہا۔

"بیٹا شربتی، رانی کے بھائی آئے ہیں۔"

"بہن کی سفارش لے کر آئے ہیں کیا؟" شربتی بولا۔

"سفارش کس بات کی جیجا جی؟ ہم تو یہ کہنے آئے ہیں کہ ہماری شادی میں کم از کم ایک ہفتہ پہلے پہنچ جائیے گا۔ کوئی بہانہ نہیں چلے گا کہ مجھے دفتر سے چھٹی نہیں ملی۔" مہندر نے مسکراتے ہوئے کہا۔

"بہت محبت دکھا رہے ہو؟"

"دکھا کیا رہے ہیں جیجا جی۔ آپ سے محبت ہے۔"

"تو پھر پیسے کیوں نہیں بھجوائے؟"

"پیسے؟ کیسے پیسے؟" مہندر نے حیرانی سے پوچھا۔

"رانی کے یہاں رہنے، کھانے پینے پر خرچ نہیں ہوتا کیا؟ اِسی لئے تو میں نے اُسے روانہ کر دیا۔ کہنے کو تو اُس کے دو باپ ہیں، لیکن مجھے تو صرف اڑھائی ہزار میں ہی ٹرخا دیا۔ اوم پرکاش تو خیر ہے ہی کنگلا۔ موہن سنگھ تو دے سکتا ہے۔ کیا اُس کا بھی دیوالہ پٹ گیا؟"

"یہ آپ کیا کہہ رہے ہیں؟" نندو بولا۔

"رانی نے نہیں بتایا تمہیں؟ اُسے میں نے صاف کہہ دیا تھا کہ اگر پیسے لے کر آؤ تو پڑی رہو ورنہ جاؤ اپنے باپ کے گھر۔ چاہے اِس باپ کے، چاہے اُس باپ کے۔ میرا گھر کوئی دھرم سال نہیں ہے۔ اڑھائی ہزار دے کر موہن سنگھ سمجھتا ہے کہ مجھے خرید لیا۔"

"تایا جی نے آپ کو اڑھائی ہزار روپے دیئے تھے؟" نندکشور

نے حیرانی سے پُوچھا۔

"دیتے تھے۔ لیکن کیا ساری عمر میں اُس رقم میں اُس حرام ۔ ۔ ۔"

شربتی ابھی اتنا ہی کہہ پایا تھا کہ مہندر نے اُٹھ کر اُسے گلے سے پکڑ لیا اور کہا "خبردار جو میری بہن کو گالی دی ۔ لاش کتّوں کے آگے پھینکو دُوں گا۔"

بڑی مشکل سے رام لبھائے اور نندو نے بیچ بچاؤ کر کے دونوں کو الگ الگ کیا۔ لیکن مہندر بولے جا رہا تھا "سُن لے شربتی ۔ اگر تم نے رانی سے کبھی اُونچی آواز میں بات کی تو زبان کھینچ لُوں گا۔"

رام لبھائے نے مہندر کو خاموش کرنے کی غرض سے کہا کہ اسے شربتی کی بات کا بُرا نہیں ماننا چاہیئے۔ وہ اِس وقت ہوش میں نہیں ہے۔ مہندر نے جواب دیا "جب ہوش میں آجائے تو اسے کہنا کہ چُپ چاپ شادی پر پہنچ جائے۔ ورنہ بات بہت بڑھ جائے گی۔"

یہ کہہ کر مہندر اور نند کشور باہر نکل گئے۔

۶

مہندر اور نند کشور کی شادی بڑی دھوم دھام سے کی گئی۔ علاقے میں شاید یہ پہلی بار ہوا تھا کہ ایک برات میں دو دولھے تھے۔ راستے میں تمام براتی موہن سنگھ کو چھیڑتے رہے کہ وہ خرچ بچانے کے لئے ایسے کر رہا ہے۔ نندو نے وضاحت کرتے ہوئے کہا: "تایا جی چونکہ تھوک میں سودا کرنے کے عادی ہیں، اِس لئے بہوئیں بھی تھوک میں لانا چاہتے ہیں۔" اِس پر براتیوں نے ایک زوردار قہقہہ لگایا۔ موہن سنگھ نے مسکراتے ہوئے نندو سے پوچھا: "کیوں اوئے لنگور تو میری طرف ہے کہ اِن براتیوں کی طرف جو صرف دعوت کھانے کے لئے تیری برات میں شامل ہیں۔"

دونوں دُلھنوں نے ایک جیسا گلابی سوٹ پہن رکھا تھا۔ دونوں نے لمبے گھونگھٹ کھینچ رکھے تھے۔ نندو نے مہندر کے کان میں آہستہ سے کہا: "کیوں مہندیا، پہچانیں گے کیسے کہ دونوں میں سے تیری کونسی ہے اور میری کون سی؟" مہندر نے جواب دیا: "لوگ کہہ رہے ہیں دونوں ایک جیسی خوبصورت ہیں۔ مجھے تو کوئی بھی چلے گی۔" دونوں ہنسنے لگے تو رانی نے فقرہ کسا۔ "ہنس لو ہنس لو۔ اِن کو گھر پہنچ لینے دو، گونگا بنا دیں گی دونوں کو۔"

یہ سُن کر دونوں دلہنیں بھی اپنے گھونگھٹوں میں مُسکرا دیں۔"

شادی میں شربتی لال اور اُس کے ماں باپ بھی شامل ہوئے۔ موہن سنگھ اُن کی خاطرداری کچھ اِس طرح سے کر رہا تھا جیسے وہ ہی اُس کے خاص مہمان ہوں۔ شربتی لال کے برتاؤ سے یہ احساس بالکل نہیں ہوتا تھا کہ وہ رانی سے ناراض ہے۔ اوم پرکاش کو ایک دِن کچھ شک سا ہُوا جب اُس نے موہن سے اِس بارے میں پُوچھنا چاہا تو وہ بپھر گیا: "میں اپنے جوائی سے کیا بات کرتا ہُوں یا اُسے کیا دیتا ہُوں۔ تو اِس میں دخل دینے والا کون ہے؟" اوم پرکاش نے کوشش تو کی اُسے سمجھانے کی کہ بیٹی کی خوشی پیسوں سے نہیں خریدی جا سکتی۔ لیکن موہن سنگھ نے ڈانٹ دیا "تمھیں کس نے کہہ دیا کہ تو اِس قابل ہو گیا ہے کہ دوسروں کو عقل بانٹتا پھرے۔"

شادی کے بعد جب شربتی اور اُس کے ماں باپ رخصت ہوئے تو وہ خوشی خوشی رانی کو اپنے ساتھ لے گئے۔

کُونت اور کانتا رشتے میں بہنیں تو تھیں ہی، شادی کے بعد اُن کا پیار آپس میں اور بڑھ گیا۔ یہ شاید اِن دو گھروں کے ماحول کا اثر تھا جس کا رنگ ہر نئے داخل ہونے والے پر چڑھ جاتا تھا۔ موہن سنگھ اور اوم پرکاش بہت خوش تھے کہ اِن نئی لڑکیوں نے پریوار کے رسم و رواج کو اپنا لیا تھا۔

شادی کے قریب ڈیڑھ سال بعد نند کشور کی دلہن کانتا کے ہاں

لڑکا پیدا ہوا۔ اُس رات اوم پرکاش کے گھر رات بھر ناچ گانا ہوتا رہا۔ موہن سنگھ کی خوشی کا ٹھکانا نہیں تھا۔ لڈوؤں کے کئی ٹوکرے اُس نے برادری میں تقسیم کر دیئے۔

جب برادری کے لوگ رخصت ہو گئے اور صرف گھر کے لوگ رہ گئے تو موہن سنگھ نے اپنے تہمد کی ڈب میں سے شراب کی بوتل نکال کر میز پر رکھتے ہوئے کہا۔

"جا اومی اندر سے دو گلاس لے آ۔"

اوم پرکاش نے تعجب سے موہن سنگھ کی طرف دیکھتے ہوئے کہا۔

"موہن سنگھا پہلے تو تم نے کبھی شراب کو ہاتھ نہیں لگایا۔"

"ہاں، لیکن پہلے میرے گھر لال کبھی پوتا بھی تو نہیں ہوا۔"

دونوں کھلکھلا کر ہنس پڑے۔

چونکہ پہلی بار تھی، شراب نے دونوں پر خوب اثر کیا۔ ویسے تو گھر میں موہن سنگھ کا دبدبہ اتنا تھا کہ کوئی اُسے مذاق کرنے کی جرأت نہیں کرتا تھا۔ لیکن نشے میں جب وہ ٹیڑھا سیدھا چلنے لگا اور بولتے ہوئے اُس کی زبان لڑکھڑانے لگی تو سب نے اُسے چھیڑنا شروع کر دیا جن میں رام پیاری پیش پیش تھی۔ موہن سنگھ ہر شرابی کی طرح اصرار کر رہا تھا کہ وہ مکمل ہوش میں ہے۔

"اگر یہ بات ہے" رام پیاری نے کہا "تو پھر بتاؤ ہم سب میں اِندر کور کونسی ہے؟"

موہن سنگھ نے سب عورتوں کو شرارت بھری نظروں سے دیکھتے ہوئے کہا "رام پیاری مجھے تو سب عورتیں اِندر کور لگ رہی ہیں۔"

اِس پر وہ قہقہہ پڑا جو بہت دیر تک فضا میں گونجتا رہا۔

پتہ نہیں بچّے کی من موہنی صورت کی وجہ سے یا موہن سنگھ کے رشتے کی وجہ سے نند کشور کے بیٹے کو سب موہنی موہنی کہنے لگے ۔ لیکن یہ تو پیار کا نام تھا، اصل نام تو گورودوارے میں رکھا جانا تھا۔

گورودوارے میں جب گرنتھی نے دربار صاحب میں سے مہاراج کا حکم پڑھا تو یہ واک سامنے آیا۔

"اِچھا پُورو سرو سُکھ داتا "

گرنتھی نے اعلان کیا کہ بچّے کا نام " ایڑی "، اکشر پر رکھا جا سکتا ہے۔ کچھ دیر مشورہ ہوتا رہا تو رام پیاری نے سُجھا دیا کہ لڑکے کا نام کچھ اِس طرح رکھا جائے کہ اُسے موہنی بھی کہتے رہیں۔" اِس پر اوم پرکاش نے کہا :" پھر تو اِندر موہن ہی صحیح نام رہے گا۔"

یہ نام سب نے پسند کیا اور اس کا اعلان بولے سونہال ست سری اکال کے جے کارے سے کیا گیا۔ اوم پرکاش نے بچّے کو اندر موہن نام دے کر نہ صرف "موہنی" نام کو بچا لیا بلکہ بچّے پر ایک طرح کی مہر ثبت کر دی کہ اِس کے اصل دادا دادی موہن سنگھ اور اندر کور رہیں۔ محبت میں اِس طرح کی قربانی دے کر پتہ نہیں کیوں آدمی کو ایک عجیب سی مسرت کا احساس ہوتا ہے۔ بچّے کو یہ نام دے کر اوم پرکاش خوشی سے پھولا نہیں سما رہا تھا۔

۷

اِندر کور کے آنگن میں آج بڑی رونق تھی۔

وہ اکثر محلّے کی لڑکیوں کو اپنے ہاں اکٹھا کر لیتی تھی کہ آؤ مل کر چرخہ کاتیں۔ چرخے کا تو محض بہانہ ہوتا تھا۔ اِس بہانے لڑکیاں اکٹھی ہو کر دنیا بھر کی باتیں کرتی تھیں۔ ایک دوسرے سے مذاق کرتی تھیں۔ اِس طرح اِندر کور کی بہو کلونت کا جی لگا رہتا تھا۔

آج کی محفل میں نندو کی بیوی کانتا شامل نہ ہو سکی کیونکہ اِندر موہن کی طبیعت ٹھیک نہیں تھی۔ اِندر کور کے علاوہ اِس محفل میں بڑی عمر کی کوئی دوسری عورت تھی تو وہ فاطمہ تھی۔

فاطمہ اِس محلّے کی نائن تھی۔

نائن اُس زمانے میں بڑی اہمیت رکھتی تھی۔ کسی گھر میں شادی ہو تو دُلہن کو سجانا اُس کا کام۔ کسی کے ہاں بچّہ پیدا ہونے کو ہو تو دایہ کی ذمہ داری اُس کی۔ چھوٹی موٹی بیماری ہو کسی کو تو دوا دارو بھی کر لیتی تھی اپنے سیپیوں کے ساتھ اتنے قریبی تعلقات ہونے کی وجہ سے عورتیں اکثر اُسے گھریلو معاملات میں رازدار بنا لیتی تھیں۔ نائن کو پتہ ہوتا تھا کہ کس گھر

میں کیا ہو رہا ہے۔ ماں سے پہلے نائن کو پتہ لگ جاتا تھا کہ کونسی لڑکی بال سکھانے کے بہانے کس لڑکے کی ایک جھلک دیکھنے کے لئے چھت پر آتی ہے سب نائنیں گا بھی بہت اچھا لیتی تھیں۔

اِندر کور جب بھُنے ہوئے چنے اور گڑ لڑکیوں کو بانٹ رہی تھی تو فاطمہ نے کہا:

"لونی کرڈیو اب میرے ساتھ گاؤ۔" اور یہ کہتے ہوئے اُس نے بولی شروع کی۔

لڈو لیا دیں تے بھور کے کھاواں
مِشری کڑک بولدی

(لڈو لاکر دو تو میں چوری چھپے کھا بھی لوں۔ تم تو مِشری لے آئے ہو جسے کھانے سے آواز آتی ہے اور میں پکڑی جاتی ہوں)

فاطمہ کی آواز سے تو سارا گھر گونج اٹھا لیکن لڑکیوں کے گانے میں دَم نہیں تھا۔ فاطمہ نے ڈانٹتے ہوئے کہا: "مرجانیوں گانا بھی نہیں آتا کیا؟ گانا اور رونا تو سب کو آتا ہے۔

لڑکیاں کھِلکھِلا کر ہنس پڑیں۔

ایک لڑکی نے کہا "سچّی فاطمہ موسی تیرے سامنے تو واقعی ہم کسی کام کی نہیں ہیں۔ شادیوں پر دلہن سجالیتی ہو۔ اُس کی شادی پر گانے گالیتی ہو اور۔۔۔" پھر جب وہ لڑکی شرما کر چُپ ہو گئی تو اندر کور نے لقمہ دیا۔ "اُسی دُلہن کے جب بچہ پیدا کرنے کا وقت آتا ہے تو وہ اِس کی مدد کے بغیر ماں کے پیٹ سے باہر آنے کو تیار نہیں ہوتا۔

سب لڑکیاں کھِلکھِلا کر ہنس دیں۔

فاطمہ نے کہا "شاہنی کام تو بہت آتے ہیں لیکن آج کل مندہ چل رہا ہے۔"

"کیوں موسی؟" ایک لڑکی نے پوچھا۔

"تم شادی کراؤ تو تجھے سجاؤں نا۔"

"ہم کہاں منع کرتی ہیں۔ تو آج بتا دے ہمیں دُلہن۔" ایک اور لڑکی نے چھیڑا۔

"ہائے نی مرجانیاں کتنی بے شرم ہوگئی ہیں۔ اپنی شادی کے بارے میں کیا کھُلم کھلا بول رہی ہیں۔ لیکن دیکھنا سردارنی جب ڈولی میں بیٹھیں گی تو رو رو کر سارا شہر سر پر اٹھالیں گی۔"

"وہ تو موسی دکھاوے کا رونا ہوتا ہے۔ مَن میں تو لڈّو پھُوٹ رہے ہوئے ہیں۔"

اِس پر زور کا قہقہہ پڑا۔

"دیکھا سردارنی، مرجانیاں شرم تو گھول کر پی گئی ہیں۔"

"ناراض نہ ہو موسی، یہ تو یوُں ہی تجھے چھیڑتی ہیں۔" کلونت نے مناتے ہوئے کہا۔ "یہ لے ریوڑیاں کھا۔"

"رہنے دے ریوڑیاں۔ کھلانا ہے تو لڈّو کھلا۔"

"لڈّو کھاؤ گی؟ لوابھی منگوائے دیتی ہوُں۔" کلونت بولی۔

شرارت بھرے لہجے میں اِندر کور کی طرف دیکھتی ہوئی فاطمہ بولی۔

"شاہنی تیری بہو بہت بھولی ہے۔ میری بات نہیں سمجھی۔"

"تو سمجھا کے کہہ نا۔" اِندر کور شاید چاہتی تھی کہ جو وہ خود بہو سے کہنا چاہتی تھی وہ فاطمہ سے کہلوادے۔

"تین سال ہوگئے ہیں تیری شادی کو وہٹیے۔ کچھ کر کے نہیں دِکھایا توُنے۔"

کلونت نے شرما کر جواب دیا۔ "مَیں کیا کروں موسی۔"

"مَیں تو آتے جاتے تیرے پیٹ کی طرف دیکھتی رہتی ہوُں۔"

اِس پر ایک لڑکی دوسری لڑکیوں کو مخاطب کرتے ہوئے بولی:
"چلو نی نکل چلیں۔ موسی اب بے شرمی پر اتر آئی ہے۔"
لڑکیاں قہقہے لگاتی ہوئی اِندر کور کے گھر سے باہر نکل گئیں۔
"اچھا ہوا چلی گئیں۔ مرجانیاں بات نہیں کرنے دیتیں۔"
پھر گھونٹ سے بولی: "بہو بچے پریوار بڑھانے کے لئے بیاہ کرلائے ہیں، سُوت کاتنے کے لئے نہیں۔"
"مجھے کیوں کہہ رہی ہو موسی؟"
"تو اور کس کو کہوں؟ تیری جیسی دس بہوئیں اِس شہر میں آجائیں تو بس تو بھیا لٹ گئی نا۔ تیرے گھر ہاں لڑکا ہو تو تیری ساس سے کچھ ملے نا۔ نا نی موسی کو بھوکا مارنے کا ارادہ ہے کیا؟"
اِندر کور نے محسوس کیا کہ فاطمہ بات کو کچھ زیادہ ہی بڑھا رہی ہے۔ اُسے ٹوکتے ہوئے کہنے لگی۔
"فاطمہ تُو تو میری بہو کے پیچھے ہی پڑ گئی ہے۔ بچے تو جب واہگورو کی کرپا ہوگی، تبھی ہوگا نا۔"
"ہاں یہ تو ٹھیک ہے"۔ فاطمہ اشارہ سمجھ گئی۔ "مَیں ٹبکرے والے پیر صاحب کا تعویذ لادوں گی۔ بہو کے لئے۔"
"تعویذ کس لئے فاطمہ؟"
"پوتی کا سوٹ تُو مجھے کہاں دینے لگی ہے۔"
"ارے نہیں فاطمہ۔ پوتی آگئی تو بھی دُوں گی جب سے رانی کی شادی کی ہے، لڑکی کی شکل دیکھنے کو ترس گئی ہوں۔ سچ پوچھو تو جو پیار مجھے رانی سے ملا، نہ مہندر سے ملا نہ نندو سے۔"
"اچھا سردارنی مَیں چلی۔" فاطمہ اُٹھ کر کھڑی ہوگئی۔
"نی ٹھہرنی۔ میرے گھر سے کیا خالی ہاتھ جائے گی؟" اِندر کور نے

دوپٹے کے کونے سے روپے کا سکہ کھول کر اُسے دیتے ہوئے کہا۔
" گورو مہاراج تیرے بھنڈار بھرے رکھے شاہنی" یہ کہتے ہوئے فاطمہ باہر نکل گئی۔

رات جب مہندر گھر آیا تو کلونت سر درد کا بہانہ کر کے سو ئی ہوئی تھی۔ مہندر سمجھا واقعی سر میں درد ہو گا کیونکہ اِس طرح کے بہانے کرنے کی اُسے عادت نہ تھی۔ اُس کے چہرے پر تو ہر وقت مسکراہٹ کھیلتی رہتی تھی۔ مہندر کام سے لوٹتا تھا تو کلونت کا انگ انگ کھل اُٹھتا تھا۔ چنانچہ کلونت کو اس طرح سوئی ہوئی دیکھ کر وہ بھی کھانا کھا کر سو گیا۔

صبح جب وہ دوکان کے لئے تیار ہو رہا تھا تو اُس نے کلونت سے پگڑی کو پُونی کرانے کے لئے کہا۔ کلونت پگڑی کھینچ تو رہی تھی لیکن لگتا تھا اُس میں دَم نہیں ہے "زور سے کھینچ سردارنیے، ورنہ پگڑی میرے سر پر پگڑ بن جائے گی" مہندر بولا۔ کلونت نے پگڑی ہاتھ سے چھوڑتے ہوئے کہا: "دار جی سے کھچوا لونا"

مہندر کو شک سا ہوا کہ دال میں کچھ کالا ہے۔ پگڑی سنبھالتا ہوا وہ کلونت تک پہنچا اور اُس کی ٹھوڑی کو اوپر اٹھا کر آنکھوں میں آنکھیں ڈال کر بولا:

"کیا بات ہے سردارنی؟"

"کچھ نہیں"

"زیادہ دیر تک چھپا نہیں سکو گی کیونکہ تجھے عادت نہیں ہے۔ آج نہیں بتاؤ گی تو کل بتا دو گی۔ ہاں اتنا ضرور ہے کہ مجھے بے چینی رہے گی۔ یہ تو تم جانتی ہو نا کہ تیرے ماتھے پر بل پڑ جائے تو میرے دل کی حرکت بند ہونے

لگتی ہے۔" یہ سنتے ہی کلونت کی بڑی بڑی آنکھوں سے دو موٹے موٹے آنسو اُس کے گلابی گالوں پر ڈھلک آئے۔ مہندر نے آنسو پونچھتے ہوئے اُسے گلے سے لگالیا اور کہا۔

"بتانا کیا بات ہے؟"

کلونت نے فاطمہ کا سارا قصّہ سُنادیا۔

"تو اِس میں بُرا ماننے کی کیا بات ہے؟ فاطمہ بے چاری بھی تو وہی چاہتی ہے جو ہم چاہتے ہیں۔"

"مجھے موسی سے کوئی شکوہ نہیں۔ مجھے تو یہ دُکھ ہے کہ میری گود اب تک سونی کیوں ہے؟ مجھ سے کیا گناہ ہُوا ہے؟"

مہندر کچھ دیر سوچتا رہا۔ پھر کہنے لگا "ایسے کرتے ہیں کلونت کہ مَیں تجھے پنڈی لے جا کر کسی بڑی ڈاکٹرنی کو دکھاؤں گا۔ رب نے چاہا تو سب ٹھیک ہو جائے گا۔"

"پر پنڈی جائیں گے کس بہانے؟ کسی کو پتہ چل گیا تو مَیں تو زندہ ہی مر جاؤں گی۔"

"تو گھبرا نہیں، مَیں موقعہ بنا لوں گا۔ دار جی پرسوں نندو کو بھیج رہے ہیں پنڈی کپڑا خریدنے۔ مَیں انہیں منا لوں گا کہ نندو کی جگہ مَیں چلا جاتا ہوں۔ کہہ دوں گا کلونت کو گھما لاؤں گا۔ وہاں ڈاکٹرنی سے مل لیں گے۔"

"ٹھیک ہے۔" کلونت کو جیسے اندھیرے میں راستہ مل گیا۔

"تو پھر اب ذرا پگڑی کھینچ سرداریوں کی طرح۔" مہندر نے مسکراتے ہوئے کہا۔

ڈاکٹر تجندر سوڈھی کا بڑا نام تھا راول پنڈی میں۔

مہندر کو باہر دفتر میں بٹھا کر ڈاکٹر سوڈھی کلونت کو اندر معائنے کے لئے لے گئی۔ دفتر میں بیٹھا ہوا مہندر سنگھ دیواروں پر لگی ہوئی بچوں کی تصویریں دیکھتے دیکھتے خوابوں کی وادی میں کھو گیا۔ اُسے لگا جیسے ایک خوبصورت بچہ اس کی گود میں بیٹھا اُس کی داڑھی پر ہاتھ ڈال رہا ہے۔ بے خیالی میں اُس کے منہ سے نکلا! "ارے چھوڑ سُسرے کیوں میری داڑھی کے پیچھے پڑا ہے۔ جا ماں کے پاس اس کی چوٹی کھینچ" اچانک ڈاکٹر سوڈھی کی آواز نے اُسے جیسے خواب سے بیدار کر دیا۔

"جی ڈاکٹر صاحب"

"سردار جی کلونت کبھی کسی حادثے میں گر گئی تھی کیا؟"

"جی ڈاکٹرنی جی" کلونت کو یاد آیا "میں گھوڑے سے گر گئی تھی۔ اُس گھوڑے پر کوئی ڈر کے مارے بیٹھتا ہی نہیں تھا۔ لیکن میں تو کسی چیز سے کبھی ڈری نہیں۔ میں بیٹھ گئی ایک دن اُس پر۔ گھوڑے کو شاید عورتوں کا سواری کرنا پسند نہیں تھا، اِس لئے مجھے گرا کر بھاگ گیا۔ اور میں کئی دن بستر پر پڑی رہی۔ میرے سردار جی نے غصے میں وہ گھوڑا ہی بیچ دیا۔"

"یہ کب کی بات ہے؟" ڈاکٹر نے پوچھا۔

"یہ! یہ بات ہے تب کی جب میں پندرہ سولہ سال کی تھی"

ڈاکٹر نے ایک گہری سانس لے کر "ہوں" کہا۔

"کیا بات ہے ڈاکٹرنی جی! کوئی پریشانی والی بات تو نہیں ہے" مہندر نے گھبرا کر پوچھا۔

"نہیں، نہیں۔ کلونت کے ماں بننے میں کوئی پرابلم نہیں ہے" ایک چھوٹے سے اپریشن کی ضرورت ہے۔ بس"

اپریشن کا نام سنتے ہی کلونت کا رنگ فق ہو گیا۔ ایک دم اُٹھ کھڑی ہوئی۔ ڈاکٹر سوڈھی نے پوچھا، "کیا ہوا کلونت؟"

"کچھ نہیں ڈاکٹرنی جی۔ کچھ نہیں" پھر مہندر کو تقریباً کھینچتی ہوئی بولی "چلو چلیں۔"

"کیا بات ہے کلونت؟" مہندر نے پوچھا۔

"کچھ نہیں۔ میں اپریشن ہرگز نہیں کراؤں گی۔"

"ایسے بڑا معمولی سا اپریشن ہے۔ اِس میں ذرا بھی خطرہ نہیں۔" ڈاکٹرنی نے تسلی دیتے ہوئے کہا۔

"اپریشن میں کسی قیمت پر نہیں کراؤں گی۔" یہ کہتے ہوئے وہ تقریباً گھسیٹتی ہوئی مہندر کو ڈاکٹر کے کلنک سے باہر لے گئی۔

۸

پنڈی سے لوٹنے کے بعد مہندر کا جیسے دل بجھ گیا۔
امید کی کرن جب تک دکھائی دے رہی تھی اُسے یقین تھا کہ ایک دن اُس کا آنگن بھی روشنی سے دمک اُٹھے گا۔ لیکن جب اس کرن پر بادل کا ٹکڑا آ گیا تو اُسے چاروں طرف اندھیرا ہی اندھیرا دکھائی دینے لگا۔

مہندر کا بہت جی چاہا کہ کلونت کم از کم اُسے یہ بتا دے کہ وہ اپنی پریشانی سے اتنا ڈرتی کیوں ہے۔ لیکن اُس نے تو جیسے اپنے اِرد گرد ایک قلعہ سا تعمیر کر لیا جس کے اندر ہر ایک کا داخلہ ممنوع تھا۔ مہندر کا بھی۔

مہندر کی مشکل یہ تھی کہ وہ اپنی مایوسی کو کسی سے بانٹ بھی نہیں سکتا تھا۔ کسی سے ذکر کرے گا تو وہ یقیناً کلونت کو اپنے قلعے سے باہر آنے کے لئے مجبور کرے گا۔ کلونت جو اسے نہیں بتا رہی تو کسی اور کو کیا بتائے گی۔ لیکن اُسے پریشانی بہت ہو گی۔ ہو سکتا ہے کہ اُس کا مہندر پر سے اعتبار ہی اُٹھ جائے۔ اور اگر کلونت کی محبت ہی اُس سے چھن گئی تو زندہ رہنے کے لئے اُس کے پاس بچے گا کیا۔

حالات سے سمجھوتہ کر لینے کے بعد بھی اگر انسان کو چین نصیب

ہو جائے تو یہ سودا مہنگا نہیں سمجھنا چاہیئے ۔ لیکن ایسا ہوتا بہت کم ہے ۔ مہندر کو زندگی پھیکی سی لگنے لگی ۔ وہ اب ایسی زندگی جی رہا تھا جس میں رنگ اور خوشی کا کوسوں تک نام و نشان نہ تھا۔

اُس کے وجود میں یہ تبدیلی نندکشور کی نظروں سے چھپ نہ سکی۔ کہاں تو وہ مہندر جو بات بات میں اُلجھ پڑتا تھا۔ ذرا ذرا سی بات کو اپنی عزت کا سوال بنا لیتا تھا۔ وہی مہندر اب ایک چابی سے چلنے والا کھلونا سا بن گیا۔ کسی نے رُخ دائیں طرف موڑ دیا تو اُدھر کو چل دیا اور بائیں موڑ دیا تو اُدھر کو ہو لیا۔ نندکشور کو یہ حیرانی تھی کہ مہندر جس نے ہمیشہ اپنے دُکھ سُکھ اُس سے بانٹے تھے ۔ آج کسی غم کے پہاڑ کو اکیلا ہی اُٹھائے پھر رہا ہے ۔

ایک روز اتوار کی چھٹی کے دن دونوں دوکان پر کام کر رہے تھے۔ مہندر خانوں میں تھان سجا رہا تھا اور نندو حساب کتاب دیکھ رہا تھا ۔ اچانک نندو نے قدرے سختی سے کہا ”یہ کیا کر رہے ہو مہندر، مارکین کے خانے میں لٹھا رکھ رہے ہو ۔ اندھے ہو گئے ہو کیا؟“

پُرانے دن ہوتے تو اتنی سی بات پر مہندر نندو کو دس گالیاں سُنا دیتا لیکن مہندر نے صرف اتنا کیا کہ لٹھے کا تھان اُٹھا کر دوسرے خانے میں رکھ دیا۔

نندو نے اپنا وار خالی جاتا دیکھ کر اپنے ترکش سے ایک اور تیر نکال کر مہندر پر وار کیا ”یہ اُدھر نہیں، اِدھر رکھ۔“

”پہلے تو اُدھر ہی رکھتے تھے۔“ مہندر نے آہستہ سے کہا۔

”رکھتے تھے۔ اب وہاں رکھیں گے جہاں مَیں چاہوں گا۔“ نندو نے تلخی سے کہا۔

ایک لمحے کے لئے مہندر کے خون میں ابال آیا لیکن جیسے اُس نے اُس پر ٹھنڈے پانی کے چھینٹے ڈال دیئے۔ چُپ چاپ اُس نے تھان اُٹھا کر

دوسری جگہ رکھ دیا۔

"پتہ نہیں تائے نے تجھے دوکان پر کیسے بٹھا دیا۔ تیرے جیسے کوڑھ مغز آدمی کو تو مَیں سامان اُٹھانے والے قلی کی نوکری بھی نہ دُوں۔"

مہندر کے دماغ میں ہلچل ہُوئی لیکن اُس نے صرف اتنا کہا،

"اپنا کام کر نندو۔ بَک بَک نہ کر۔"

"مجھے کہہ رہا ہے بَک بَک نہ کر۔ مَیں نہ ہُوں تو یہ دوکان آج اُجڑ جائے تو اور تیرا باپ تو دو دن میں اِس کا بھٹہ بٹھا دیں۔"

پتہ نہیں مہندر کے صبر کا پیمانہ لبریز ہو گیا یا پھر نندو کی یہ نمک حرامی اُس سے برداشت نہ ہو سکی، اُس نے نندو کے منہ پر ایک زوردار چانٹا دے مارا اور کہا: "تو میرے باپ کو گالی نہیں دے رہا نندو، اپنے تائے کو گالی دے رہا ہے جسے تو ہمیشہ باپ سے اُونچا مقام دیتا ہے حرامزادے۔"

چانٹا کھا کر نندو جیسے کِھل اُٹھا۔ "شکر ہے بھگوان کا کہ تیرے وجود میں ابھی تک میرے بھائی، میرے یار مہندر کے خوُن کے قطرے پُوری طرح سُوکھے نہیں ہیں۔ شکر ہے مہندر یا کہ تُو ابھی زندہ ہے۔ اب بتا کیا بات ہے؟ کیوں پچھلے کچھ دنوں سے تُو ایک مُردے کی ایکٹنگ کر رہا ہے؟"

مہندر نے کچھ جواب نہیں دیا۔

"پنڈی میں ایسا کیا ہُوا کہ تیری ساری مردانگی چھن گئی۔"

مہندر اب بھی خاموش تھا۔

"مَیں جانتا ہوں تو کبھی جھوٹی قسم نہیں کھاتا۔ تجھے میرے سب سے پیارے، سب سے مقدّس تائے کی قسم جو تو مجھ سے کچھ چھپائے۔"

یہ سُنتے ہی جیسے مہندر کا اپنے اِردگرد تعمیر کیا ہُوا قلعہ مسمار ہو گیا۔ اُس کی آنکھوں سے آنسوؤں کا دریا بہنے لگا اور وہ نندو کے گلے لگتا ہُوا کہنے لگا۔

تو نندو میں کبھی باپ نہیں بن سکتا۔ کبھی میرے آنگن میں کوئی بچہ نہیں کھیلے گا۔ کوئی مجھے دارجی نہیں کہے گا نندو، کبھی نہیں ؟

۹

کچھ دن بعد کلونت ایک دن کانتا کو ملنے اُس کے گھر گئی۔ کانتا صحن میں نل کے پاس کپڑے دھو رہی تھی۔ رام پیاری کسی کام سے باہر گئی ہوئی تھی۔ کلونت موڑھا کھینچ کر کانتا کے پاس ہی بیٹھ گئی۔ دونوں باتیں کر رہی تھیں کہ اندر سے اِندر موہن کے رونے کی آواز آئی۔ وہ شاید نیند سے جاگ اٹھا تھا۔ کانتا اس کے رونے کی آواز سننے کے باوجود باتوں میں لگی رہی۔ کلونت نے اُس کی توجہ بچے کی طرف دلاتے ہوئے کہا۔

"کانتا، اِندر موہن رو رہا ہے"

"تو پھر مَیں کیا کروں! اُس کو تو سوائے رونے کے کوئی کام ہی نہیں"

"تیرا بیٹا رو رہا ہے اور تجھے ذرا فکر نہیں؟"

"مَیں اس کی آیا نہیں ہوں۔ مجھے اپنے گھر کو بھی سنبھالنا ہے۔ دن بھر اُس کے چونچلے برداشت کروں گی تو گھر کیسے چلے گا؟"

کلونت نے اندر جا کر اِندر موہن کو اُٹھا لیا اور پھر غصّے سے بولی۔

"گورو مہاراج نے تجھے اتنی بڑی نعمت دی ہے کانتا اور تجھے اس کو سنبھالنا بھی نہیں آتا"

"ہاں نہیں آتا۔ تو سنبھال لے نا۔ تیرے پاس ہوگا وقت اِس کے چونچلے برداشت کرنے کا۔ میرے پاس نہیں ہے۔"

اِندر موہن اپنی ماں کی تلخ آواز سُن کر پھر سے رونے لگا۔ لیکن کانتا نے رتی بھر پرواہ نہ کی۔ کلونت نے غصّے سے کہا۔

"دیکھ رہی ہو اس کو رو رو کر کیا حال بنا رکھا ہے۔"

"ہاں ہاں دیکھ رہی ہوں۔ اپنے آپ رو رو کر چپ ہو جائے گا۔"

کلونت کا منہ غصّے سے لال ہو گیا۔ "سمجھ میں نہیں آتا بھگوان تم جیسوں کو بچے دیتا کیوں ہے جنھیں پالنا بھی نہیں آتا۔"

"تو تُو پال لے نا۔"

"تو پھر تو بھی سن لے میں اسے یوں روتا چھوڑ جاؤں گی۔ میں لے جا رہی ہوں اِسے اپنے ساتھ۔"

"لے جاؤ میں نے کب منع کیا ہے۔ اندر سے کپڑے لا دوں اِس کے؟"

"کوئی ضرورت نہیں۔" کلونت چیخ کر بولی۔ "کپڑے بھی وہیں بن جائیں گے۔" یہ کہتی ہوئی وہ اِندر موہن کو گود میں اٹھا کر باہر نکل گئی۔

اُس کے جانے کے بعد کانتا بہت دیر تک روتی رہی۔ شام کو جب نند کشور گھر لوٹا تو کانتا کے گالوں پر ابھی اُن آنسوؤں کے نشان موجود تھے۔ نندو نے بڑی محبت سے اُن نشانوں کو مٹاتے ہوئے کہا۔

"کانتا رو کر تم ایک عظیم قربانی کی توہین کر رہی ہو۔ تم نے آج ایک بڑا کام کیا ہے۔ ایک عورت کی گود ہری کر دی ہے۔ تمھیں تو اپنے آپ پر فخر ہونا چاہیئے۔"

"میں کہاں رو رہی ہوں۔" کانتا نے مسکرانے کی کوشش کی، لیکن

اُس کی آنکھوں سے آنسوؤں کے دو موٹے موٹے قطرے اس کے گالوں پر بے اختیار ڈھلک آئے جنہیں چھپانے کے لئے وہ نند کشور کے گلے لگ گئی۔

۱۰

اِندرموہن کا موہن سنگھ کے گھر میں پلنا کوئی اچنبھے کی بات نہیں تھی۔ رانی تو تقریباً پہلی ہی وہاں تھی۔ نندو بھی کئی کئی دن تابے کے گھر سے آتا نہیں تھا۔ لیکن اِندرموہن تو جیسے اُسی گھر کا ہو رہا۔ بچہ تو محبت کی زبان ہی سمجھتا ہے، جس نے پیار کیا اُسی کا ہو رہا۔ اور موہن سنگھ کے گھر میں تو اس کے لئے پیار ہی پیار تھا۔ دِنوں میں اُس کے لئے کھلونوں کے ڈھیر لگ گئے۔ کپڑوں سے اُس کی الماری بھر گئی۔ موہن سنگھ دن بھر اُس کے ساتھ گھوڑے اور سوار کا کھیل کھیلتا اور پھر رات کو ہنستے ہنستے اِندر کور سے شکایت کرتا "وُسُرے نے میرے گھٹنے توڑ کے رکھ دیئے ہیں" مہندر اسے ہر وقت کندھے پر بٹھائے رکھتا اور کلونت ———— اس کی تو خوشی کا ٹھکانا ہی نہیں تھا۔

دِنوں میں اِندرموہن مہندر کو دارجی کہنے لگا اور کلونت کو ماں آہستہ آہستہ کسی کو یاد بھی نہ رہا کہ یہ چراغ اِس گھر کو کچھ دِنوں کے لئے روشنی دینے آیا تھا۔ لوگ اِندرموہن کو اِندرموہن سنگھ کہنے لگے۔ خود اِندرموہن اب نندو کو چاچا اور رکانتا کو چاچی کہنے لگا۔

اِس طرح دو سال بیت گئے۔

ایک دن مہندر اپنے باپ سے کہنے لگا۔ "دار جی اِندر موہن کو اب سکول میں داخل کرادینا چاہیئے۔ پانچ سے اُوپر کا ہوگیا ہے۔"

موہن سنگھ اپنے مخصوص انداز میں مسکراتے ہوئے بولا:

"اگر پیسے برباد کرنا چاہتے ہو تو بڑی خوشی سے اِسے سکول میں داخل کرادو۔"

"مطلب؟"

"ارے بھائی! تیری اولاد ہے۔ تو کونسا عالم فاضل بنا جو یہ بنے گا۔"

دونوں قہقہے لگاکر ہنسنے لگے۔

ایک دن کلونت اِندر موہن کو لے کر اوم پرکاش کے گھر گئی تو ہمیشہ کی طرح بڑی محبت سے اُس کا استقبال ہوا۔ کانتا اُس کے لئے موڑھا لے کر آئی اور بیٹھنے کو کہا تو اِندر موہن بولا: "چاچی ہمارے پاس بیٹھنے کا وقت نہیں ہے، ہم ذرا جلدی میں ہیں۔"

سب کھلکھلا کر ہنس دیئے۔

کانتا نے ہنستے ہوئے کہا "اچھا سردار اِندر موہن سنگھ جی جلدی جلدی اتنا تو بتادو کہ کیسے آنا ہُوا ہمارے ہاں؟"

اِندر موہن نے کلونت کی طرف دیکھ کر کہا "ماں ہم بتائیں یا تم بتاؤ گی؟"

"تم ہی بتادو۔" کلونت بولی۔

"کل سے ہم سکول جائیں گے چاچی۔ دادا جی کہتے ہیں جو پڑھتے نہیں وہ گدھے بن جاتے ہیں۔ ہم گدھے نہیں بننا چاہتے۔"

سب ہنسنے لگے۔

"تم سب لوگ آنا۔" اندر موہن بولا

"سکول تو آپ کو جانا ہے، ہم وہاں کیا کریں گے؟" نندو نے

چھیڑا۔

"چاچا، تم لڈو کھانا۔ دادا جی ڈھیر سارے لڈو لائے ہیں۔"

اِس پر اور ایک زوردار قہقہہ پڑا۔

"آج ہمارے پاس رہ جاؤ ناکا کا جی۔ کل سویرے ہمارے ساتھ ہی چلنا۔" کانتا بولی۔

"چاچی ہم رہ تو جاتے، پر رہ نہیں سکتے۔"

"کیوں بھائی کیوں نہیں رہ سکتے؟"

"ہم اپنی ماں کے بغیر سو نہیں سکتے۔" اِندر موہن بولا۔

کانتا کے چہرے پر مایوسی کی ایک بدلی سی لہرائی لیکن اُس نے جیسے اُسے قربانی کی پھونک سے اُڑا دیا۔

اندر موہن کو سکول کے لئے یوں تیار کیا گیا جیسے دولہا تیار کیا جاتا ہے۔ لال رنگ کی پگڑی، اُس پر کلغی لگی ہوئی، زری دار اچکن اور چوڑی دار ریشمی پاجامہ۔ کلونت نے مرچیں وار کر اُس کی نذر اتاری۔ اِندر کور نے اس کے ماتھے پر کالا ٹیکہ لگایا اور پھر دونوں پریوار اُسے سکول تک چھوڑنے گئے۔ موہن سنگھ نے سکول کے بچوں کو خوب لڈو بانٹے۔ واپسی پر سب موہن سنگھ کے گھر آگئے۔ اُس دن سب کا کھانا اُسی گھر میں تھا۔ ویسے بھی سب جاننے کے لئے بے تاب تھے کہ اندر موہن کا پہلا دن سکول میں کیسے گذرا۔

کلونت اور کانتا رسوئی میں کھانا بنا رہی تھیں کہ اچانک کلونت چپل پہن کر دروازے کی طرف لپکی۔ کانتا نے اُسے جاتے دیکھ کر پوچھا،

"کہاں جا رہی ہو کلونت؟"

"سکول۔"

"کس لیے؟ ابھی تو اِندر موہن کو چھوڑ کر آئے ہیں۔ ابھی چھٹی تھوڑے ہی ہو گئی ہے۔"

"مجھے معلوم ہے۔ مگر مجھے ایسے لگ رہا ہے جیسے میرا لال رو رہا ہے۔" یہ کہتے ہوئے کلونت باہر دوڑ گئی۔

"یہ پڑھا چکی مم م۔۔۔ اپنے بچے کو۔" کانتا بولی اور پھر اس طرح شرم سار ہو گئی جیسے چوری کرتے پکڑی گئی ہو۔

۱۱

اتوار کی ایک شام کو اوم پرکاش کے گھر کے لوگ صحن میں بیٹھے تھے کہ دروازے پر ایک تانگہ آکر رکا۔ سب کی نگاہیں دروازے کی طرف مُڑ گئیں۔ تانگے سے رانی اُتری تو سب سے پہلے نندکشور کی نظر اس پر پڑی۔ وہ خوشی سے چلا اٹھا۔ "ماں رانی آگئی۔" یہ کہہ کر وہ اٹھ کر دروازے کی طرف لپکا۔ اوم پرکاش اور رام پیاری نے حیرانی سے ایک دوسرے کی طرف دیکھا۔ اُن کی سمجھ میں یہ نہیں آیا کہ رانی یوں اچانک کیسے آگئی۔ جب رانی سب سے گلے مل چکی تو رام پیاری نے پوچھا،

"بیٹا تو اچانک کیسے آگئی؟ شربتی کہاں ہے؟"

"وہ نہیں آئے۔"

"اکیلی آئی ہو۔" اوم پرکاش نے پوچھا۔

"ہاں۔"

"کیوں؟"

"کوئی خاص بات نہیں پتا جی۔ بس یونہی چلی آئی۔"

"ارے تو خبر کر دیتی۔ مہندر یا نندو تمہیں لے آتے۔" اوم پرکاش نے کہا۔

"میرا پروگرام اچانک بن گیا۔ خبر کیسے کرتی۔" رانی تیکھی آواز میں بولی۔

"بیٹا اس طرح نہیں چلے آتے۔ سسرال والے بُرا مان جاتے ہیں۔"

رام پیاری نے پیار سے سمجھاتے ہوئے کہا۔

"مان جائیں۔ میری جوتی سے۔" یہ کہتے ہوئے رانی بے اختیار رونے لگی۔ اوم پرکاش نے اُسے گلے سے لگا لیا۔ بہت دیر تک اُس کے آنسو پونچھتا رہا۔ ہچکیوں کے درمیان رانی نے بتایا کہ وہ اب سسرال کبھی نہیں جائے گی۔

"شربتی جب سے انسپکٹر بنا ہے، رات گئے تک گھر نہیں لوٹتا اور جب لوٹتا ہے تو نشے میں دھت ہوتا ہے۔ میں سمجھانے کی کوشش کرتی ہوں تو مجھے مارنے لگتا ہے۔"

رانی کی بات سن کر سب سناٹے میں آ گئے۔ جب کانتا رانی کو اپنے ساتھ اندر لے گئی تو نندو اُٹھ کھڑا ہوا اور کہنے لگا "میں ابھی جا کر تایا جی سے بات کرتا ہوں۔"

"ٹھہرو بیٹا۔" اوم پرکاش بولا۔ "ابھی موہن سنگھ کو کچھ بتانے کی ضرورت نہیں۔"

"لیکن پتا جی، تایے کے بغیر یہ مسئلہ حل نہیں ہوگا۔ تایے کے ایک بار ڈانٹ دینے سے شربتی کی عقل ٹھکانے آ جائے گی۔"

"شاید تو ٹھیک کہہ رہا ہے نندو۔" رام پیاری بولی۔ "لیکن تو تو جانتا ہے یہ رشتہ موہن سنگھ کا طے کیا ہوا ہے۔ وہ اپنے آپ کو قصوروار سمجھنے لگے گا۔ اور پھر ایسی جلدی بھی کیا ہے۔ دو ایک دن میں ہم خود ہی کوئی حل سوچ لیں گے۔"

اُس رات اوم پرکاش سو نہیں سکا۔ رانی کا غم تو اُسے تھا ہی لیکن اُس کی بے قراری کی وجہ اور بھی تھی۔

انگریزوں نے ہندوستان کو آزاد کرنے کا اعلان کر دیا تھا لیکن کیا کچھ اِس طرح سے کہ آزادی کی جنگ میں کندھے سے کندھا ملا کر چلنے والے

سپاہی ایک دوسرے کے خون کے پیاسے ہو گئے۔ انگریزوں نے بظاہر تو ہندوستان کو دو حصّوں میں تقسیم کیا لیکن کچھ اس طرح سے کہ ملک کے لوگ بھی دو حصّوں میں بٹ گئے۔ ابھی تک جو اپنے آپ کو صرف ہندوستانی سمجھتے تھے انھیں اچانک احساس ہُوا کہ وہ تو ہندو اور مسلمان ہیں۔ ڈاکٹر اقبال تو کہتے ہیں کہ مذہب نہیں سکھاتا آپس میں بیر رکھنا لیکن خود کو ہندو یا مسلمان کہنے والے بھول گئے کہ مذہب کیا سکھاتا ہے۔ انھوں نے خود ہی فیصلہ کر لیا کہ دوسرے مذہب کے لوگوں کا قتل کرنے، اُن کی بہو بیٹیوں کی عصمت لوٹنے یا ان کے مکانوں کو آگ لگانے سے وہ اپنے اللہ یا ایشور کو خوش کر سکتے ہیں۔ اور اُن کا خدا اس خدمت کے عوض اُن پر جنت یا بہشت کے دروازے کھول دے گا۔

جنون کی آگ کچھ اِس طرح سے جلی کہ بجھنے میں نہیں آتی تھی۔ کوئی غنڈہ ایک چنگاری روشن کرتا تھا اور پھر افواہیں اس چنگاری کو بھڑکانے میں آندھی کا رول ادا کرتی تھیں۔

ضلع راولپنڈی میں ابھی تک یہ آگ نہیں بھڑکی تھی۔ یہ خبر تو پھیل چکی تھی کہ راولپنڈی پاکستان کا حصّہ بنے گا لیکن ہندو اپنے مسلمان دوستوں سے کہا کرتے تھے کہ اِس سے کوئی فرق نہیں پڑنے والا۔ یہی ہوگا نا کہ سوتے وقت مغرب کی طرف ٹانگیں پھیلانے کی اجازت نہیں ہوگی۔ اور کیا کر لوگے ہمارا؟"

لیکن پھر ایسی خبریں آنے لگیں جنھیں سُن کر دوسرے مذہب والوں کے دِل دہل گئے۔ اُس رات اوم پرکاش کو اپنے شہر میں ایک مندر سے ہر ہر مہادیو اور ایک مسجد سے اللہ اکبر کے وہ نعرے سنائی دیئے جن سے یہ احساس نہیں ہوتا تھا کہ کوئی اپنے خدا یا ایشور سے بات کر رہا ہے۔ بلکہ یوں لگتا تھا جیسے بھیڑیوں کا ایک گروہ شکار کی تلاش میں چنگھاڑ رہا ہو۔

نند کشور بے شک اپنے باپ کے سامنے خاموش رہا لیکن اُسے پکا یقین تھا کہ رانی کا مسئلہ صرف موہن سنگھ ہی حل کر سکتا ہے۔ چنانچہ صبح دوکان پر جاتے ہی اُس نے موہن سنگھ کو سارا قصہ سُنا دیا۔ موہن سنگھ گہری سوچ میں ڈُوب گیا۔ دوکان کے کام میں اُس کا جی نہ لگا۔ لیکن کسی نہ کسی طرح وہ دن بھر وہاں بیٹھا رہا۔

گھر آکر بھی وہ چین سے بیٹھ نہ سکا۔ یہ پہلی بار ہُوا کہ اندر موہن سنگھ نے اُسے گھوڑا بننے کو کہا اور اُس نے نہ صرف اُسے ٹال دیا بلکہ جھڑک دیا کہ ہر وقت پریشان کیوں کرتے رہتے ہو۔ اِندر کور سمجھ گئی کہ موہن سنگھ کسی بات پر فکر مند ہے۔ وہ سمجھی شاید یہ شہر کی فضا کا اثر ہے۔ پھر جب موہن سنگھ نے دوبارہ سر پہ پگڑی رکھی تو اِندر کور نے پُوچھا "کہیں جا رہے ہو کیا؟"

"ہاں۔"

"شہر کی فضا ٹھیک نہیں ہے۔ بے مطلب باہر گھومنا اچھا ہوگا کیا؟"

"تو کیا کروں؟ تمھارے موڑھے کے ساتھ مُوڑھے لگا کر بیٹھا رہوں؟"

اندر کور کو موہن سنگھ سے ایسے جواب کی توقع ہرگز نہیں تھی۔ وہ سمجھ گئی موہن سنگھ اِس وقت کسی پریشانی میں ہے۔ زیادہ پُوچھ تاچھ کرنے پر وہ اور پریشان ہوگا۔ اِس لئے وہ خاموش ہو گئی۔ موہن سنگھ کو بھی شاید احساس ہُوا کہ اُسے اِس طرح روکھا نہیں بولنا چاہیئے تھا۔ چنانچہ دروازے کے قریب پہنچ کر اس نے اِندر کور کی طرف مسکرا کر دیکھا اور کہا "میں ذرا اومی کے گھر کی طرف جا رہا ہُوں۔ دیکھوں اُدھر حالات کیسے ہیں؟"

موہن سنگھ جب اوم پرکاش کے گھر پہنچا تو اُسے دیکھتے ہی رانی اُس کے ساتھ لپٹ گئی اور رونے لگی۔ موہن سنگھ نے اُسے پیار کرتے ہوئے کہا، "رانی میں آیا تو یہ پتہ کرنے کے لئے ہوں کہ تیرا شری تی سے کس بات پر جھگڑا ہوا ہے، لیکن اگر تُو روتے ہوئے بتائے گی تو بات میری سمجھ میں نہیں آئے گی۔ اِس

لئے پہلے تو اچھی طرح رولے، پھر بتانا۔"

یہ سنتے ہی سب ہنس پڑے۔

موہن سنگھ نے کہا: "بیٹا گھبرانے کی کوئی بات نہیں۔ ہم کل تجھے اپنے ساتھ تمہارے سسرال لے کر جائیں گے اور تیرے اِس چھوٹے سے جھگڑے کا حل کر کے آئیں گے۔ اب خوش ہو جا اور اپنے تائے کے لئے ایک پانی کا گلاس لے کر آ۔"

"شربتی مجھ پر ہاتھ اُٹھانے لگا ہے تایا جی۔"

"وہ ہاتھ اُٹھائے گا تو ہم اس کے ہاتھ توڑ دیں گے۔"

"نندو نے ہی تمہیں بتایا ہوگا۔ اُس کے پیٹ میں تو کوئی بات ٹکتی ہی نہیں۔" اوم پرکاش بولا۔

"اچھا تو تم میرے بغیر ہی اِس مسئلے کا حل ڈھونڈ رہے تھے۔ ہاں بھئی کیوں نہیں، تم رانی کے باپ جو ٹھہرے۔" موہن سنگھ نے جواب دیا۔

"ساری دُنیا سے تم ہنس ہنس کر بات کرتے ہو لیکن مجھ سے بات بات پر اُلجھتے ہو۔ کیوں بھائی؟"

"تو بات ہی ایسی کرتا ہے۔ رانی میری بیٹی ہے۔ مَیں اپنے آپ اس مسئلے کو نپٹا لوں گا۔ کل میں جاؤں گا پنڈی۔ رانی میرے ساتھ جائے گی۔ دیکھتا ہوں وہ لوگ کیسے میرے سامنے منہ کھولتے ہیں۔"

"مَیں چلوں گا آپ کے ساتھ تایا جی۔" نندو بولا۔

"نہ بیٹا، تیرے جانے سے دوکان کا ہرج ہوگا۔"

"مجھے آپ کا اکیلا جانا اچھا نہیں لگ رہا۔"

"مَیں اکیلا نہیں جا رہا۔ مہندر میرے ساتھ جائے گا۔"

"مہندر بھرا جی کو مت لے جاؤ تایا جی۔ وہ تو بات بات پر مار پیٹ پر اُتر آتے ہیں۔"

" تمہیں کیوں چنتا ہو رہی ہے؟ تیرے دشمنوں کو ہی مارے گا نا؟"
سب ہنس پڑے۔

" دیکھ اومی!" موہن سنگھ بولا، " مہندر میرے ساتھ جائے گا، رانِدر کور بھی جائے گی۔ اور میں سوچ رہا ہوں کلونت کو بھی لے جاؤں۔ ایسے جھگڑے کا نپٹارا عورتیں بہتر کر سکتی ہیں۔"

" تمہیں پتہ ہے کہ پنڈی میں دنگے ہو رہے ہیں؟" اومی بولا۔

" کیسے دنگے؟ کسی غنڈے نے شرارت کر دی ہو گی جس سے تھوڑی گڑبڑ ہو گئی ہو گی۔ تیرا کیا خیال ہے کہ بات بڑھتی جائے گی؟"

" اب تجھے میں کیا سمجھاؤں؟ آج کا اخبار نہیں پڑھا ہے کیا؟"

" اخبار میں سب سچ لکھا ہوتا ہے کیا؟"

" موہن سنگھ تجھے شاید معلوم نہیں اس وقت حالات کیسے ہیں۔ تم عورتوں کو اپنے ساتھ پنڈی لے جانے کی سوچ رہے ہو۔ تمہیں احساس نہیں کہ تمہیں کوئی بھی کسی وقت وہاں چھُرا مار سکتا ہے۔"

" کیا بک رہے ہو؟ مجھے کون مارے گا؟ آدھا راولپنڈی تو مجھے جانتا ہے۔"

" اب ایک جاہل سے کوئی کیا بحث کرے۔"

" تو کس نے کہا بحث کرو۔ اپنے آپ کو بہت پڑھا لکھا سمجھتے ہو نا۔ سُن لو ہماری بیٹی کا سسرال میں جھگڑا ہوا ہے۔ یہ اگر فوراً سلجھایا نہ گیا تو بات بڑھ جائے گی۔ سمجھے بھائی صاحب۔"

" ٹھیک ہے بھائی تم جاؤ۔ لیکن میری بھابی اور بہو کو تو وحشیوں کا نوالہ نہ بناؤ۔ اکیلے مرو جا کر۔"

" اکیلا نہیں مروں گا اومی۔ بہت سے لوگوں کے ساتھ مرنے میں بہت مزا آتا ہے۔ جیسے شادی بیاہ کے موقع پر آدمی اپنے دوستوں کے ساتھ

جلنے میں لُطف محسوس کرتا ہے، ایسے ہی مرنے میں بھی اپنے ساتھ ہوں تو مرنے میں زیادہ گھبراہٹ نہیں ہوتی . . . ویسے اوم پرکاش جی میرا مرنے کا کوئی ارادہ نہیں ابھی۔ مَیں رانی کو پنڈی چھوڑ کر کل ہی لوٹ رہا ہُوں۔ تمہاری چھاتی پر مونگ دلنے کے لئے ‟ یہ کہہ کر موہن سنگھ نے ایک زوردار قہقہہ لگایا اور اوم پرکاش کے گھر سے باہر نکل گیا۔

رام لبھایا اور اُس کی پتنی نے بڑی گرم جوشی سے اِن سب کا استقبال کیا۔ دو چار پائیوں پر خوبصورت چادریں بچھا کر انھیں بٹھایا۔ مٹھائیاں پلیٹوں میں سجا کر اِن کے آگے رکھیں لیکن دونوں طرف سے بات کرنے میں عجیب سی ہچکچاہٹ تھی۔

رانی کی ساس نے اِندر کور سے کہا ‟ بہن جی مٹھائی لیجئے نا ‟ جب اِندر کور اُسی طرح خاموش بیٹھی رہی تو اُس نے کہا ‟ آپ لوگ شاید کھانے پینے سے اِس لئے انکار کر رہے ہیں کہ یہ آپ کی بیٹی کا گھر ہے ‟

اِس ایک جملے نے گویا اِندر کور کے کرب کو زبان دے دی۔

‟ اپنے اسے میری بیٹی کا گھر بننے ہی کہاں دیا ہے؟ دن رات اسے کوستے ہیں۔ مارتے پیٹتے ہیں۔ کیوں؟ کیا اُس کی شکل صُورت میں کوئی نقص ہے؟ کیا وہ آپ کی عزّت نہیں کرتی؟ کیا وہ پھوہڑ ہے، نالائق ہے؟ کیا بات ہے جو اُسے بسنے نہیں دیا جا رہا ‟

موہن سنگھ نے اِندر کور کو روکتے ہوئے کہا ‟ آہستہ بول اِندر کورے لوگ سُنیں گے تو کیا کہیں گے ‟

‟ یہاں کے لوگ سُنیں گے تو انھیں اچھا نہیں لگے گا۔ اور کیا ہمیں اچھا لگتا ہے جب ہماری بیٹی کو یہ لوگ ہر چوتھے دن گھر بھیج دیتے ہیں۔ آج یہ

جانے بغیر میں یہاں سے نہیں ہلنے والی کہ ہماری بیٹی میں آخر کیا کمی ہے۔ کیا نقص ہے ہماری بچی میں۔"

رام لبھایا ہاتھ جوڑ کر کھڑا ہو گیا۔

"آپ کی بیٹی میں کوئی نقص نہیں ہے۔ بہن جی۔ ایسی لڑکیاں تو کرماں والے گھروں میں بیاہی جاتی ہیں۔"

"تو پھر آپ لوگ اِسے بار بار گھر سے کیوں نکال دیتے ہو؟"

"اب اپنے منہ سے کیا کہوں بہن جی۔ سچ پوچھئے تو ہمارا اپنا سکہ کھوٹا ہے۔ اچھا بھلا تھا، پتہ نہیں کیسے لفنگوں کی صحبت میں پھنس گیا ہے۔ لیکن مَیں آپ کو یقین دلاتا ہوں کہ آج کے بعد اگر اُس نے کبھی میری بہو پر ہاتھ اُٹھایا تو میں اپنے ہاتھوں سے اِس کے ہاتھ توڑ دوں گا۔ آج کے بعد آپ کو شکایت کا موقعہ نہیں ملے گا۔"

یہ سُن کر اِندر کور کی آنکھوں میں آنسو آ گئے۔ کہنے لگی: "بھائی صاحب رانی کو ہم نے بڑے لاڈ پیار سے پالا ہے۔ اِس کے پاؤں میں کانٹا چبھے تو خون ہماری آنکھوں سے بہتا ہے۔ یہ اگر غلطی کرے تو بے شک اسے سزا دیجئے لیکن بے قصور اسے پریشان نہ کیجئے۔ بس ہماری یہی گذارش ہے۔"

رانی کی ساس نے رانی کو گلے لگاتے ہوئے کہا: "آپ اب فکر نہ کیجئے۔ آج کے بعد رانی کو مَیں اپنی بیٹی کی طرح رکھوں گی۔ شر بتی نے اگر پھر کبھی اسے پریشان کیا تو ہم اُسے معاف نہیں کریں گے۔"

رام لبھایا نے بہتیرا زور دیا لیکن موہن سنگھ رکنے کو تیار نہ ہُوا۔ شہر میں تناؤ کی حالت کو مدِ نظر رکھتے ہوئے وہ فوراً واپس جانا چاہتا تھا۔

۱۲

رام لبھایا کے گھر سے نکل کر موہن سنگھ اپنے پریوار کو لے کر سیدھا بس سٹینڈ پر پہنچا۔ وہ خوش تھا کہ رانی کا مسئلہ اتنا پیچیدہ نہیں تھا جتنا وہ سمجھ رہا تھا۔ اُسے یقین تھا کہ رانی کو اب اپنی سسرال میں پریشانی نہیں ہوگی۔

آج اُسے پہلی بار احساس ہو رہا تھا کہ اندر کور کئی معاملے اس سے بہتر سُلجھا سکتی ہے۔ اس کا دل کہہ رہا تھا کہ آج کی کامیابی کا سہرا یقیناً اِندر کور کے سر تھا۔ پھر وہ من ہی مَن میں یہ سوچ کر مسکرانے لگا کہ اِندر کور کے سر پر اگر سہرا باندھا جائے تو وہ کیسی لگے گی۔

بس سٹینڈ پر اُس نے دیکھا کہ بس تو کھڑی تھی لیکن ڈرائیور یا سواریوں کا کہیں نام ونشان نہیں تھا۔ بس سٹینڈ کو یوں اُجڑا اُجڑا دیکھ کر اسے کچھ عجیب سا ڈر بھی لگا لیکن پھر اس نے اپنی مونچھوں پر ہاتھ پھیر کر جیسے ڈر پر غلبہ پا لیا۔

اتنے میں کہیں سے ڈرائیور آنکلا۔ ڈرائیور ایک نوجوان سِکھ لڑکا تھا۔ اسے دیکھ کر موہن سنگھ کو حوصلہ سا ہُوا۔ عجیب بات تھی کہ جس شخص نے آج تک کبھی یہ سوچا بھی نہیں تھا کہ ہم مذہب ہونا ایک طرح کا رشتہ ہے۔ آج اس رشتے میں ایک پناہ سی محسوس کر رہا تھا۔

ڈرائیور جب سیٹ پر بیٹھ گیا تو یہ لوگ بھی بس پر سوار ہو گئے۔ خالی بس اِندر موہن کو بہت اچھی لگی۔ وہ کبھی دوڑ کر اس سیٹ پر بیٹھتا اور کبھی اس سیٹ پر۔ لیکن موہن سنگھ کو ایک انجانا خوف بھی تھا۔ آخر اُس نے ڈرائیور سے پُوچھ ہی لیا:

"کیوں سردار جی آج سواریاں کیوں نہیں آئیں۔ اس بس میں تو بڑی بھیڑ ہُوا کرتی ہے۔"

"شہر میں بلوے ہو رہے ہیں سردار جی۔ ایسی حالت میں کون گھر چھوڑ کر جائے گا؟"

"کب چلاؤ گے بس کو؟ کیا اور سواریوں کا انتظار کرو گے؟"

اِندر کور بولی۔

"نہیں جی ابھی چل پڑوں گا۔ مَیں تو اپنے کلینر کا انتظار کر رہا ہُوں۔ وہ آتا ہے تو نکل پڑیں گے۔"

اِندر موہن سیٹ سے اُٹھ کر اپنے دادا کی گود میں آ بیٹھا اور پوچھنے لگا۔ "دادا جی، دادا جی ایک چیز تو آپ پنڈی میں ہی بھُول آئے ہو۔"

"کون سی چیز بیٹا؟"

"تم بوجھو نا؟"

"ہم تو کوئی چیز بھُول کر نہیں آئے۔"

"دادی جی تم بُوجھو؟" اُس نے مہندر سے پوچھا۔

"مجھے تو نہیں لگتا ہم کچھ بھُول آئے ہیں۔"

"دادی تجھے پتہ ہے؟" اُس نے اِندر کور سے پُوچھا۔

"نہ بیٹا۔"

"تم سب بُدھو ہو۔ ہم بھوا کو بھُول آئے ہیں۔"

سب کھلکھلا کر ہنس دیئے۔

"بدھو تو تُو ہے"۔ موہن سنگھ نے اُس کا منہ چومتے ہوئے کہا۔

"بھوا کا وہی تو گھر ہے"۔

"تو پھر وہ ہمارے گھر کیوں آتی ہے؟"

"تمہیں دیکھنے آتی ہے پتر۔ اگر تم کہو تو اُسے منع کر دیں"۔

"نہ نہ دادا جی۔ وہ تو میرے لئے میٹھی گولیاں لے کر آتی ہے۔ اُس کو بولو روز آیا کرے"۔

سب ہنسنے لگے۔

اُن کی ہنسی یک لخت رُک گئی جب انھوں نے اللہ اکبر کے نعرے سُنے۔ گھبرا کر اِندر کور نے ڈرائیور کی طرف دیکھا۔ ڈرائیور نے کہا: "لگتا ہے بلوائی اِسی طرف آ رہے ہیں۔ سردار جی آپ عورتوں کو پیچھے جنگل میں چھوڑ آؤ۔ ہم تینوں بلوائیوں کا مقابلہ کریں گے"۔

مہندر، ماں، گُلونت اور اِندر موہن کو جنگل کی طرف لے گیا۔ واپس لَوٹا تو بلوائی قریب آ چکے تھے۔ موہن سنگھ اور بس کا ڈرائیور ہاتھوں میں لاٹھیاں لئے اُن کے مقابلے کے لئے تیار کھڑے تھے۔ مہندر بھی لاٹھی لے کر اُن کے ساتھ کھڑا ہو گیا۔

بلوائی تعداد میں کچھ زیادہ نہیں تھے۔ ہوں گے کوئی بارہ پندرہ۔ ایسے کوئی لڑاکو بھی نہیں تھے۔ اُن میں سے کوئی ایک بھی اِن میں سے کسی ایک کے سامنے ٹِک نہ سکتا۔ وہ تو اکٹھا ہونے کی وجہ سے خود کو محفوظ اور طاقت ور سمجھ رہے تھے۔ جب انھوں نے دیکھا کہ یہ تینوں تو لڑنے مرنے کو تیار ہیں، انھوں نے وہاں سے کِھسکنے میں عافیت سمجھی۔

"سردار جی آپ عورتوں کو فوراً لے آؤ تا کہ یہاں سے کِھسک لیں۔ ہو سکتا ہے یہ لوگ اور لوگوں کو ساتھ لے کر پھر حملہ کریں"۔ ڈرائیور نے مشورہ

دیا۔

"عورتوں کو لے کر میں ابھی آتا ہوں"۔

مہندر جب جھاڑیوں کے پاس پہنچا تو دیکھا کہ اِندر کور اور کلونت گٹھڑیاں سی بنی ہوئی ایک جگہ سر جھکائے بیٹھی ہیں۔ اِندر موہن اُسے کہیں نظر نہ آیا۔

"ماں چلو، بلوائی بھاگ گئے ہیں۔۔۔ کاکا کہاں ہے"۔

"کاکا۔۔۔ یہیں تو تھا"، کلونت بولی۔

تینوں نے اِدھر اُدھر نظر دوڑائی لیکن اِندر موہن کہیں نظر نہ آیا۔ اب وہ اس کی تلاش میں اِدھر اُدھر دوڑ رہے تھے اور زور زور سے آوازیں بھی دے رہے تھے اُن کی پکار سُن کر موہن سنگھ بھی وہیں آ گیا اور دَوڑ دَوڑ کر اِندر موہن کو تلاش کرنے لگا لیکن اندر موہن کا کہیں پتہ نہیں تھا۔ اِندر کور نے کہا "ہو سکتا ہے بس کی طرف چلا گیا ہو"۔ یہ سنتے ہی سب بس کی طرف دوڑ پڑے۔

ڈرائیور نے انھیں دیکھتے ہی کہا "سردار جی، جلدی سے آ کر بس میں بیٹھ جاؤ۔ نکل چلیں۔ کیا پتہ بلوائی کب واپس مڑ آئیں"۔

"میرا بیٹا کھو گیا ہے سردار جی"، موہن سنگھ نے تقریباً روتے ہوئے کہا۔

"اگر آپ لوگ یہاں سے فوراً نہ نکلے تو جانیں گنوا بیٹھو گے"۔

"جان بچا کر بھی کیا کریں گے اگر ہمارا جگر کا ٹکڑا یہیں رہ گیا"۔

ڈرائیور یہ سمجھ کر کہ یہ لوگ نہیں جائیں گے، بس لے کر نکل گیا۔

سارا علاقہ "اِندر موہن، اِندر موہن"، کی آوازوں سے گونج رہا تھا۔

وہ رات ادھر کاش کے لئے قیامت کی رات تھی۔ گوجر خاں جس

میں اب تک صرف کبھی کبھی نعرے سُنائی دیتے تھے، آج کی رات جنگ کا میدان بن گیا۔ شہر میں کچھ لوگ امرتسر سے لُٹ کر آئے تھے۔ اُن کے قصّے نے شہر کے کئی محلّوں کو مشتعل کر دیا۔ کئی نوجوان ہاتھوں میں لاٹھیاں اور چھُرے لے کر دشمنوں کی تلاش میں نکل پڑے۔ امرتسر میں لُٹے ہوئے بے گناہوں کا خون بہا اس شہر کے بے قصوروں کے ذمّے ٹھہرا۔

اوم پرکاش بہت پریشان تھا۔ اُسے رہ رہ کر موہن سنگھ پر غصّہ آ رہا تھا۔

"رانی کا گھر بسنا چاہیئے، چاہے اِس میں اِس کے پُورے خاندان کی جان ہی کیوں نہ چلی جائے۔"

"ایسا جاہل ہے کہ عورتوں کو بھی ساتھ لے گیا ہے۔ کہتا ہے عورتیں ایسے مسئلوں میں مددگار ثابت ہوتی ہیں۔"

"اکیلے مرنے میں مزا نہیں آتا۔ اب مریں گے ساتھ۔"

اِس پاگل پن کے دَور میں بھی انسانیت پُوری طرح ناپید نہیں ہوتی۔ ایسے ہی انسان تھے فاطمہ اور اس کے بیٹے۔ فاطمہ اور اس کے بیٹوں نے اوم پرکاش کے گھر کو اپنی پناہ میں لے لیا۔ فاطمہ کہتی تھی "شاہ جی تم فکر نہ کرو، ہمارے ہوتے ہوئے کوئی تمہارا بال بھی بیکا نہیں کر سکتا۔" لیکن اوم پرکاش کو اپنی کہاں فکر تھی۔ اُسے تو موہن سنگھ اور اس کے پریوار کی چنتا کھائے جا رہی تھی۔ بار بار فاطمہ کو کہتا "کسی کو بھیج فاطمہ اور پتہ لگوا کہ موہن سنگھ واپس آیا ہے یا نہیں۔" فاطمہ کا بیٹا موہن سنگھ کا گھر دیکھ کر لَوٹتا تو یہ اُسے پھر دوڑا دیتا کہ "جا بیٹا جا دیکھ شاید اب آ گئے ہوں۔"

دن نکلا تو آدھا شہر جل چکا تھا۔ جگہ جگہ لاشیں نظر آتی تھیں۔

ایک عجیب سا سناٹا تھا۔ مرنے والے تو خاموش تھے ہی، مارنے والے بھی شاید تھک ہار کر سستا رہے تھے۔

اتنے میں لاؤڈ سپیکر پر اعلان ہوا کہ ہندو شہر خالی کر دیں۔ انہیں آریہ ہائی سکول میں اکٹھا کیا جا رہا ہے۔ اوم پرکاش کے سبھی پڑوسی ایک ایک کر کے اس کی آنکھوں کے سامنے ملٹری کے ٹرکوں پر سوار ہو گئے۔ محلے میں اب صرف اوم پرکاش کا گھرانہ رہ گیا۔ ملٹری والے جب آواز لگاتے کہ یہاں کوئی ہندو ہے، اوم پرکاش دبک کر بیٹھ جاتا۔ آخر فاطمہ ایک ملٹری کے افسر کو بلا لائی۔ فوجیوں نے زبردستی اوم پرکاش کے گھر والوں کو ٹرک میں سوار کیا اور سکول کی طرف لے گئے۔ وہ چلاتا ہی رہ گیا کہ اُس کا بھائی پیچھے رہ گیا ہے۔

کیمپ میں اوم پرکاش ایک ایک آدمی، ایک ایک عورت، ایک ایک بچے سے پوچھتا کسی نے موہن سنگھ کو دیکھا ہے۔ کسی نے دیکھا ہوتا تو بتاتا نا۔ فاطمہ کے بیٹوں نے بڑی کوشش کی کہ راولپنڈی سے موہن سنگھ کا پتہ کروائیں لیکن کامیابی نہ ہوئی۔ کیمپ میں آ کر فاطمہ بار بار اوم پرکاش کو یقین دلاتی کہ میں تمہارے دونوں گھروں کی حفاظت کروں گی "شاہ جی"، وہ کہتی "یہ طوفان ہٹ جائے اور تم لوگ اپنے گھروں کو لوٹو تو تم دیکھو گے کہ تمہارے گھروں سے ایک سوئی بھی اِدھر اُدھر نہیں ہوئی۔" لیکن اوم پرکاش اس کی بات سُنی اَن سُنی کر دیتا۔ "گھروں کو کیا کروں گا جب میرا بھائی ہی نہیں ہو گا۔"

"ایسا نہ کہو شاہ جی اللہ ان سب کا نگہبان ہے۔ انہیں کچھ نہیں ہو گا۔"

اوم پرکاش یہ محبت بھرے اور تسلی بخش جملے سنتا ضرور لیکن اِن پر یقین اسے بالکل نہیں تھا۔

۱۳

پھر یوں ہُوا کہ اوم پرکاش اپنے خاندان کے ساتھ اپنے وطن کو چھوڑ کر انبالے آ گیا۔

انبالے میں ایک بہت بڑا کیمپ تھا جس میں پاکستان سے آئے ہوئے رفیوجی لائے جاتے تھے۔ دیکھو تو یوں لگتا تھا جیسے خیموں کا شہر بس گیا ہو۔ ان خیموں میں بسے ہوئے لوگوں کو دیکھ کر احساس ہوتا تھا کہ زندگی بھی ایک عجیب کھیل ہے۔ کھلاڑی کتنا بھی تھک جائے، کتنا بھی پٹ جائے، وہ کھیل کے میدان سے بھاگتا نہیں۔ وہ لوگ جو سمجھتے تھے کہ پاکستان میں چھوڑے ہوئے اپنے شہر، اپنی گلیوں، اپنے مکانوں کو کبھی بھلا نہ سکیں گے، آہستہ آہستہ زندگی کے معمولی دھندوں میں مصروف ہو گئے۔ اب انہیں یہ فکر نہیں تھی کہ ان کے پاکستان میں چھوڑے ہوئے مکانوں، دوکانوں یا کارخانوں کا کیا بنے گا۔ اب انہیں یہ چنتا تھی کہ کیمپ کے افسران انہیں وقت پر راشن دیں گے یا نہیں۔

اوم پرکاش البتہ اب بھی ایک ہی جذبے کے تحت جی رہا تھا کہ کسی طرح موہن سنگھ کے پریوار کا پتہ چل جائے۔ وہ راولپنڈی سے آنے والے ہر ٹرک میں جھانک کر دیکھتا، ہر آنے والے سے کرید کرید کر

پوچھتا کہ اُس نے کہیں موہن سنگھ کو دیکھا تو نہیں اور پھر اُن کے جواب سے مایوس ہو کر آنکھوں میں آنسو لیے اپنے خیمے میں لوٹ آتا۔

حالانکہ کیمپ میں رفیوجیوں کو راشن میسر تھا اور سرکار کی طرف سے وعدے بھی تھے کہ رفیوجیوں کو ہندوستان میں از سرِ نو بسانے کے تمام بند و بست سرکار کرے گی لیکن رفیوجی ان وعدوں کے سہارے نہیں جی رہے تھے۔ یہ شاید پنجابیوں کے خون میں ہے کہ خیرات میں ملی ہوئی روٹی ان کے حلق کے نیچے نہیں اترتی۔ بہت سے لوگوں نے کیمپ کے اندر ہی چھوٹے بڑے کاروبار شروع کر دیئے۔ کسی نے غبارے بیچنے شروع کر دیئے، کسی نے کھانے پینے کی چیزوں کا سٹال لگا لیا، کسی نے کیمپ کے باہر کوئی چھوٹی موٹی نوکری ڈھونڈ لی۔

نند کشور نے بھی ہاتھ پاؤں مارے اور ایک چھوٹی سی دوکان کرائے پر لے کر کپڑا بیچنا شروع کر دیا۔ اوم پرکاش اُس کے ساتھ دوکان پر بیٹھنے لگا آہستہ آہستہ دوکان چل نکلی۔ چونکہ یہ لوگ بہت ہی کم منافع پر کپڑا بیچتے تھے اس لیے علاقے کے بہت سے لوگ اور دوکانوں کو چھوڑ کر ان کی طرف آنے لگے۔ ایک ہی سال میں کاروبار اتنا بڑھا کہ دوکان چھوٹی پڑنے لگی۔

ایک دن یونہی گاہکوں میں گھرا نند کشور اُن کے تقاضوں کو پورا کرنے کی ناکام کوشش کر رہا تھا کہ اُسے احساس ہوا کہ ایک شخص دوکان کے ایک کونے میں کھڑا بڑی دیر سے اُسے گھورے جا رہا ہے۔ اُسے یہ بھی محسوس ہوا کہ اگر اس کی طرف توجہ نہ دی گئی تو شاید وہ مایوس ہو کر چلا جائے۔ چنانچہ نند کشور نے اُسے اپنی طرف متوجہ کرتے ہوئے آواز دی "جناب آپ کو کیا چاہیئے؟"

"جو مجھے چاہیئے وہ تیری دوکان میں ہے ہی نہیں"

"یہ تو نہ کہیئے مہربان۔ دوکان چھوٹی سہی لیکن مال مَیں نے خوب بھر رکھا ہے۔ ہو سکتا ہے جو آپ کو چاہیئے وہ نظر نہ آئے لیکن ہوگا ضرور۔"

"مہاراجہ ہلز کا لٹھا ہے تمھارے پاس؟"

"مہاراجہ ہلز کا لٹھا؟ وہ تو نہیں ہے۔"

"اور دعویٰ کرتے ہو کہ دُنیا بھر کا مال ڈال رکھا ہے۔"

"وہ کیا ہے مہربان کہ مہاراجہ ہلز والے ایجنسی آسانی سے دیتے نہیں۔ دوکان بڑی لے لوں گا تو ایجنسی لینے کی کوشش بھی کروں گا۔ پاکستان میں بھی تھی ہمارے پاس اُن کی ایجنسی۔"

"جانتا ہوں نندکشور۔"

"صاحب آپ مجھے جانتے ہیں؟"

"ہاں بھائی۔ گوجر خان میں تمھاری دوکان پر کئی بار گیا ہوں۔"

"تھی نا ہماری بڑی دوکان۔ راولپنڈی کے سارے علاقے میں میرے تائے کی دوکان جیسی کوئی دوکان نہیں تھی۔"

"جانتا ہوں۔"

"آپ میرے تائے کو جانتے ہیں؟ سردار موہن سنگھ نام ہے اُن کا۔"

"جانتا ہوں۔ مَیں جانتا ہوں کہ تمھارے بھائی کا نام مہندر ہے۔ ہے نا؟"

"ہاں صاحب آپ تو میرے پورے خاندان کو جانتے ہیں۔"

"ہاں، لیکن تو مجھے نہیں پہچان رہا۔ مَیں مہاراجہ ہلز کا سیلز سپروائزر کوہلی ہوں۔"

"ارے کوہلی صاحب۔" یہ کہتے ہوئے نندو اپنی گدی سے اُٹھ کر کوہلی صاحب کے گلے لگ گیا۔ اور پھر اپنے والد کو مخاطب کرتے ہوئے کہنے لگا۔

"پتا جی، دوکان سنبھالنا، مَیں کوہلی صاحب کے ساتھ چائے

پینے جا رہا ہوں۔"

چائے کی دوکان پر بیٹھتے ہوئے کوہلی نے کہا: "مجھے خوشی ہے کہ آپ لوگ صحیح سلامت انبالہ پہنچ گئے۔" جواب میں نندو اپنے پاؤں کے انگوٹھے سے زمین پر لکیریں کھینچتا رہا۔ جب وہ کافی دیر تک چپ رہا تو کوہلی نے پوچھا: "سب خیریت ہے نا؟"

"کیا بتاؤں کوہلی صاحب۔ تایا جی اور ان کے پریوار کا کچھ پتہ نہیں۔"

"ارے میں تو سمجھ رہا تھا کہ وہ تمھارے ساتھ ہی ہوگا۔"

"نہیں صاحب ہمیں اُن کا کچھ پتہ نہیں۔"

نندو نے موہن سنگھ کے پریوار کے گم ہونے کی پوری داستان کہہ سنائی۔

کوہلی کہنے لگا "میں خود موہن سنگھ کو کئی دنوں سے تلاش کر رہا ہوں۔ میں اب مہاراجہ ملز کا سیلز منیجر ہوں۔ کمپنی کا حکم ہے کہ ہمارے جو ڈیلرز پاکستان سے ہجرت کر کے یہاں آ گئے ہیں، اُن کا پتہ لگا کر انھیں ہندوستان میں ایجنسیاں دوں۔ میں نے اپنے ذرائع سے موہن سنگھ کا پتہ لگوانے کی پوری کوشش کی، لیکن کامیابی نصیب نہیں ہوئی۔ آج تمھیں دیکھ کر ڈھارس بندھی لیکن . . .

"ہم تو خود حیران ہیں کوہلی صاحب۔ کچھ ایک لوگوں سے پتہ چلا کہ انھوں نے تایا جی کو راولپنڈی میں دیکھا تھا۔ اس کے بعد کوئی خبر نہیں۔ کسی نے یہ بھی نہیں کہا کہ اُس نے تایا جی کی لاش . . ." یہ کہتے کہتے نندکشور کی آنکھوں میں آنسو اُمڈ آئے۔

کوہلی نے پیار سے سمجھاتے ہوئے کہا "دیکھ نندو زندہ لوگوں کے لئے آنسو بہانا گناہ ہے۔"

"اگر تایا زندہ ہے تو پھر وہ ہمیں تلاش کیوں نہیں کرتا۔" نندو غصے میں بولا۔

"شاید وہ اتنا لٹ لٹا کر آیا ہو کہ اب وہ تمھارے سامنے آنے سے شرماتا ہو۔"

"کیا کہہ رہے ہو کوہلی صاحب، مجھ سے تایا جی شرمائیں گے ہیں تو اُن کے پاؤں کی دھول کے برابر بھی نہیں ہوں اور پھر آپ کو تو پتہ ہے کتنے راجے فقیر ہو گئے اِس انقلاب میں۔ کسی نے ہمت تو نہیں ہاری۔"

"ہاں، لیکن تمھیں پتہ ہے نندو کہ جب سیلاب آتا ہے تو اس میں کئی دفعہ بڑے بڑے درختوں کا نام و نشان تو مٹ جاتا ہے لیکن کئی بوٹیاں اپنا نام و نشان زندہ رکھنے میں کامیاب ہو جاتی ہیں۔"

"کوہلی صاحب میرا تایا بہہ جانے والا درخت نہیں ہے۔"

"پھر وہ گیا کہاں؟"

دونوں بہت دیر تک خاموش بیٹھے رہے۔ پھر کوہلی بولا "نند موہن سنگھ والی ایجنسی تم کیوں نہیں لے لیتے؟"

"کیا کہہ رہے ہو کوہلی صاحب؟ جب تائے سے سامنا ہو گا تو کیا جواب دوں گا اُسے۔ اُس کا حق لوٹنے والوں میں مجھے دیکھ وہ کیا سوچے گا کوہلی صاحب۔"

"حق لوٹنے کی بات نہیں ہے نند کشور۔ مَیں نہیں چاہتا کہ موہن سنگھ کے گُم ہو جانے کے کارن یہ ایجنسی کسی اور کو مل جائے۔ مَیں تو یہ ایجنسی تمھیں موہن سنگھ کی امانت سمجھ کر دے رہا ہوں۔ جب وہ لوٹ آئے گا، تم اُس کا حق اُسے سونپ دینا۔"

"ایک ایجنسی ہی کیا ہے کوہلی صاحب۔ میں تو یہ دوکان ہی تایا جی کے ایک کارندے کی حیثیت سے چلا رہا ہوں۔"

"تو پھر ایجنسی تمھارے نام کر دوں؟"

"مجھے سوچنے کا موقعہ دیجیے۔"

"ٹھیک ہے۔ مَیں دو ایک دِن کے بعد تیری دوکان سے پوچھتا جاؤں گا۔"

گھر میں جب نند و نے کوہلی صاحب سے ملاقات کا ذکر کیا تو سب کا مشورہ یہی تھا کہ مہاراجہ ملز کی ایجنسی لے لی جائے۔ خیال یہ تھا کہ اگر موہن سنگھ کو تلاش کرنے میں وقت لگ گیا تو شاید یہ ایجنسی پھر اُسے کبھی نہ مِل سکے۔

۱۴

نند کشور کو کسی کام سے پانی پت جانا پڑا۔ پانی پت انبالہ سے بہت دُور نہیں ہے۔ ہوگا قریب ساٹھ میل۔ اِس لئے نند کشور نے اپنی موٹر سائیکل پر جانے کا فیصلہ کیا۔ موٹر سائیکل پر سوار جب وہ پانی پت کے ایک بازار سے نکل رہا تھا تو اسے یوں لگا جیسے اُس نے مہندر کو دیکھا ہو۔ اُس نے زور سے بریک لگائی اور وہیں سے مُڑ کر دیکھا۔ ہاں یہ مہندر ہی تو تھا۔ ڈھیلی سی پگڑی، کھُلی ہوئی داڑھی اور ڈھیلے ڈھالے لباس میں مہندر کی وہ حالت تو نہیں تھی جیسی گوجر خاں میں ہوا کرتی تھی لیکن پھر بھی اُسے پہچاننا مشکل نہیں تھا۔ مہندر ایک چھوٹی سی مشین کی مدد سے گنے کا رس نکال کر بیچ رہا تھا۔ کہاں وہ مہندر جو اپنے کُرتے پر سلوٹ نہیں آنے دیتا تھا اور کہاں یہ مہندر جو کھُلے بازار میں گنے کا رس نکال کر بیچ رہا تھا۔ اُسے تو بس اتنا یاد رہا کہ اُس نے مہندر کو ڈھونڈ لیا ہے۔ موٹر سائیکل کو سٹینڈ پر کھڑی کر کے نند کشور دوڑتا ہوا آیا اور مہندر کو اپنے بازو میں لے لیا۔ اور پھر بڑی دیر تک خود ہی بولتا رہا۔

"مہندر میں نے تجھے کہاں کہاں نہیں ڈھونڈا اور تو یہاں پانی پت میں پڑا ہے۔ ہم نے تو کئی بار ریڈیو پر اعلان کروایا۔ راولپنڈی سے آئے ہوئے

ہر آدمی سے پوچھا لیکن تمھاری کوئی خبر نہ ملی۔ کیسا ہے میرا تایا، میری تائی، میری بھابی، سب کیسے ہیں؟ اور تم نے یہ حالت کیا بنا رکھی ہے۔ گنّے کے رس کی ایسی تیسی، تو چل میرے ساتھ انبالے اور بیٹھ اپنی دوکان پر۔ بیٹھ جا میری موٹر سائیکل کے پیچھے۔"

نندکشور اپنی دُھن میں بولے جا رہا تھا۔ اچانک اُسے احساس ہُوا کہ مہندر اُس کے گلے تو لگا ہے لیکن اُس کی طرف سے کوئی گرم جوشی نہیں ہے۔ پنجابی جب آپس میں بغل گیر ہوتے ہیں تو دونوں کو پسلیاں ٹوٹنے کا ڈر رہتا ہے لیکن یہاں تو رسمی جوش و خروش بھی نہیں تھا۔ اِس بات کا احساس ہوتے ہی نندکشور نے مہندر کو اپنے سے علیحدہ کر کے اس کی آنکھوں میں جھانکا اور کہا:

"کیوں بیٹا بازوؤں میں دَم نہیں ہے کیا؟"

"لگتا ہے باؤ جی آپ کو غلط فہمی ہوئی ہے۔"

"غلط فہمی کے پتّر، مذاق کرتا ہے؟ بند کر اپنی یہ دوکانداری، اور بیٹھ میری موٹر سائیکل پر۔ گھر جا کر بات کریں گے۔"

"پر باؤ جی میں آپکے ساتھ کیوں جاؤں؟"

"چل نا ہوگیا بہتیرا مذاق۔ سالے پتہ بھی ہے تمھیں ماں تیرے لئے کتنا روئی ہے۔ پتا جی نے اتنی منّتیں مانگی ہیں تمھاری زندگی کے لئے کہ اب باقی کی زندگی وہ منّتیں پوری کرتے ہوئے گذار دیں گے۔ اور تو پُوچھ رہا ہے کہ مَیں تمھارے ساتھ کیوں جاؤں؟"

"باؤ جی آپ کیا کہہ رہے ہیں، میری تو کچھ سمجھ میں نہیں آرہا۔"

"تو مہندر نہیں ہے سردار موہن سنگھ کا بیٹا؟"

"نہیں باؤ جی۔"

"تو میرا بھائی مہندر نہیں ہے؟"

"نہیں باؤ جی۔"

"دیکھ مہندیا تو چاہے عمر میں مجھ سے بڑا ہے لیکن میں ابھی بھرے بازار میں جوتا اتار کر ماروں گا دس اور گنوں گا ایک۔ سیدھی طرح میرے ساتھ میرے گھر چل، کہے دیتا ہوں۔"

"باؤ جی غریب آدمی ہوں۔ مار لو جتنا چاہو لیکن جو میں نہیں ہوں وہ کیسے بن جاؤں؟"

اب نند کشور کو واقعی غصہ آ گیا۔

"کمینے تو مہندر اس لئے نہیں ہے کہ میں نے تجھے گنّے کا رس بیچتے ہوئے دیکھ لیا ہے۔ تجھے چھوٹا کام کرتے ہوئے شرم آ رہی ہے۔"

"میں کوئی چھوٹا کام نہیں کر رہا۔ میں تو اپنی محنت کی روٹی کھا رہا ہوں۔"

"تو پھر مہندر ہونے سے انکار کیوں کر رہا ہے؟"

"باؤ جی جو میں ہوں نہیں وہ کیسے بن جاؤں؟"

"تو میرے تائے سردار موہن سنگھ کا بیٹا نہیں ہے۔"

"نہیں باؤ جی۔"

"کھا سردار موہن سنگھ کی قسم کہ تو اُس کا بیٹا نہیں ہے۔"

"مجھے پتہ نہیں موہن سنگھ کون ہے لیکن میں اپنے باپ کی قسم کھا کر کہتا ہوں کہ میں مہندر نہیں ہوں۔"

اب نند کشور کا غصہ حد سے تجاوز کر گیا۔ اُس نے مہندر کو گریبان سے پکڑ لیا اور کہا "بے شرم، کمینے، میرے تائے کی جھوٹی قسم کھا گیا۔"

"گریبان چھوڑیے باؤ جی میرے بھی دو ہاتھ ہیں یہ مت بھولیے۔"

نند کشور نے اُس کا گریبان چھوڑ دیا۔ اب وہ غصے سے کانپ رہا تھا۔ "اچھا بچو نہ مان۔ میں کل رانی کو تیری ریڑھی کے سامنے لا کر بھرے بازار میں اُس کی چوٹی پکڑ کر گھسیٹوں گا۔ میں دیکھوں گا بہن کی بے عزتی ہوتے

دیکھ کر بھی تیرے اندر کا بغرت مند بھائی جاگتا ہے یا نہیں۔
اِس عرصے میں لوگوں کی اچھی خاصی بھیڑ وہاں جمع ہو گئی تھی۔ لوگوں کی ہمدردی سردار لڑکے کے ساتھ تھی۔ سب نند کشور کو ڈانٹنے لگے کہ زبردستی کرنے کا اُسے کوئی حق نہیں۔ ایک ہارے ہوئے جواری کی طرح نند کشور اپنی موٹر سائیکل پر وہاں سے چل دیا۔ اُس کے جانے کے بعد سردار لڑکے کی آنکھوں سے آنسوؤں کی ندی بہہ نکلی۔ آس پاس کے لوگ حیران تھے کہ وہ رو کس بات پر رہا ہے۔

نندو پانی پت سے سیدھا گھر لوٹ آیا۔

سب حیران تھے کہ اگر واقعی اُس کی ملاقات مہندر سے ہوئی تھی تو پھر اس نے انکار کیوں کیا کہ وہ مہندر نہیں ہے۔

"ہوسکتا ہے وہ واقعی مہندر نہ ہو" رام پیاری بولی۔

"میں اندھا نہیں ہوں ماں" نندو چلایا۔

"اگر تجھے پکا یقین تھا تو تُو نے اُسے اپنی موٹر سائیکل پر لاد کیوں نہ لیا" اوم پرکاش بولا۔

"پتا جی بتایا نا بازار میں بہت بھیڑ اکٹھی ہو گئی تھی۔ سب کی ہمدردی اُس کے ساتھ تھی۔ زبردستی کرتا تو شاید مار پیٹ تک نوبت آجاتی"

"ایسا کرتے ہیں سب چلتے ہیں کل پانی پت" رام پیاری بولی۔ دیکھ لینا جب مَیں اُسے اپنے سینے سے لگاؤں گی، اُس کی ضد ماں کی چھاتی کی گرمی سے پگھل جائے گی اور اُس کی رگ رگ پکار اٹھے گی مَیں مہندر ہوں ماں"

"مَیں بھی ساتھ چلوں گی ماں" رانی بولی۔

"اب تو جا نہیں سکتے لیکن کل سویرے نکل جائیں گے" نندو بولا۔

"مَیں جا سکتی ہوں تمھارے ساتھ؟" کانتا بولی "پتہ نہیں میرا

موہن مجھے پہچانے گا کہ نہیں؟" یہ کہتے ہوئے وہ رونے لگی۔

"سب چلیں گے بیٹا کل۔" اوم پرکاش نے اُسے تسلّی دیتے ہوئے کہا۔" اور ان سب کو اپنے ساتھ لے کر آئیں گے۔ تو اپنے آنسو پونچھ لے بیٹا۔ بس ایک دن کی تو بات ہے، تیرا موہن تیری گود میں ہوگا۔"

دوسرے دن جب نندکشور سب کو ساتھ لے کر پانی پت پہنچا، مہندر کا اُس بازار میں نام و نشان بھی نہیں تھا۔ پوچھنے پر پتہ چلا کہ وہ سکھ لڑکا اپنی ریڑھی اُسی وقت بازار سے لے گیا تھا۔ ڈھونڈتے ڈھونڈتے وہ وہاں بھی پہنچے جہاں سنا کہ وہ سکھ لڑکا ایک جھونپڑی میں اپنے پریوار کے ساتھ رہتا ہے لیکن وہاں جا کر پتہ چلا کہ وہ لوگ کل رات ہی کہیں چلے گئے ہیں۔ اب سب کو یقین ہو گیا کہ وہ مہندر ہی تھا جو نندو کو مِلا تھا لیکن کسی کی سمجھ میں یہ نہیں آ رہا تھا کہ وہ لوگ بھاگ کیوں گئے۔ کیا ملک کی تقسیم میں اُن کے خون کی گرمی بھی لُٹ گئی تھی!

گھر لوٹ کر آئے تو سب کے چہرے غم سے نڈھال تھے۔ بہت دیر تک کسی کے مُنہ سے آواز نہ نکلی۔ پھر اوم پرکاش اِس طرح گویا ہُوا جیسے خود سے کچھ کہہ رہا ہو۔ "سمجھ میں نہیں آتا موہن سنگھ ہم سے چھپ کیوں رہا ہے۔"

"مجھے پتہ ہے۔" یہ شربتی کی آواز تھی۔

"کیا پتہ ہے؟" نندو نے چلّا کر پوچھا۔ پتہ نہیں کیوں نندو کو لگتا تھا کہ شربتی جب بھی بولتی ہے اُس میں کسی نہ کسی کی دل آزاری ضرور ہوتی ہے۔"

"یہی کہ وہ لوگ تم سے چھپتے کیوں پھرتے ہیں۔"

"کیوں؟" نندو نے پوچھا۔

"میں بتاؤں گا تو تمھیں اچھا نہیں لگے گا۔"

"کیوں چھپتے پھرتے ہیں؟" رانی نے پوچھا۔

"اس لئے کہ اُن کے مَن میں چور ہے۔ مہندر کی بانجھ بیوی خود تو اولاد پیدا نہیں کر سکتی۔ اُس کو موقعہ ملا ہے نند کشور کے بیٹے کو ہتھیانے کا۔ لڑکا سنبھال لیا ہے انھوں نے نندو کا۔ اب وہ لوگ سامنے کیوں آئیں گے۔"

"میری آنکھوں سے دُور ہو جا شربتی، ورنہ مَیں تیرا خون پی جاؤں گا۔" نند کشور چِلّایا۔

"سچی بات کڑوی لگتی ہے لالہ نند کشور۔ لیکن سچ یہی ہے۔"

"مَیں کہتا ہوں چلا جا یہاں سے۔"

"دیکھو بیٹا . . . " اوم پرکاش نے بیچ بچاؤ کرنے کی غرض سے کہا۔

"پتاجی آپ بیچ میں مت آئیے۔ شربتی نے میرے تائے کو گالی دی ہے۔ میں اِسے چھوڑوں گا نہیں۔"

"انھیں پلا پلایا بچہ مل گیا۔ اور کیا چاہیئے انھیں؟" شربتی بولا۔

"کس نے پالا اُس کو؟ اُسی خاندان نے جس پر تم کیچڑ اچھال رہے ہو۔"

"جس کے ہاں اولاد نہ ہو وہ اولاد حاصل کرنے کے لئے کیا کیا نہیں کرتے۔" شربتی بولا۔ اور پھر اوم پرکاش کو مخاطب کرتے ہوئے کہنے لگا۔ "پتاجی اُن کا دل بے ایمان ہو چکا ہے۔ وہ آپ کے پوتے کے چور ہیں۔ ایک چور آپ سے کیا آنکھ ملائے گا۔"

نندو دیوانہ وار شربتی پر جھپٹا۔ اگر وقت پر اوم پرکاش بیچ میں نہ آجاتا تو یقیناً ہاتھا پائی پر نوبت آجاتی۔ شربتی نے خیریت اسی میں سمجھی کہ گھر سے باہر نکل جائے۔ لیکن بہت دُور تک اُسے نندو کی گالیوں کی آواز سنائی دیتی رہی۔

پانی پت سے بھاگ کر موہن سنگھ کے پریوار نے دلّی کے گوردوارہ سیس گنج کے مسافر خانے میں آکر دم لیا۔ دو ایک دن وہاں رہنے کے بعد مہندر نے پُرانی دہلی کے ریلوے اسٹیشن کے پاس ایک کمرے کا بندوبست بھی کر لیا۔ دن بھر وہ اسی کمرے میں پڑا رہتا۔ ایسے جیسے کسی گہری سوچ میں گم ہو۔

ایک دن اِندر کور نے ڈرتے ڈرتے کہا، "بیٹا باہر جا کر کوئی کام کاج کیوں نہیں ڈھونڈتے"۔

"اس نئے شہر میں کیا کام ڈھونڈوں؟ کہاں جاؤں ماں؟"

"اگر تو ہی ہمت ہار جائے گا پُتر تو پھر ہمارا کیا بنے گا۔ تیرے دار جی تو پتہ نہیں دن بھر کہاں مارے مارے پھرتے ہیں۔ تیرے سوا ہمارا کون ہے بیٹا۔ محنت تو تجھے ہی کرنی ہوگی"۔

"مَیں محنت سے نہیں گھبراتا ہوں۔ پانی پت میں مَیں نے روٹی کا جُگاڑ بنا ہی لیا تھا، لیکن دار جی نے ہمیں وہاں سے بھاگنے پر مجبور کر دیا۔ ماں مجھے بتاؤ ہم سے کیا گناہ ہوا ہے؟ ہم کیوں چاچا جی کے پریوار سے چھپتے پھرتے ہیں"۔

"پُتر تُو تو جانتا ہے ہماری غفلت کی وجہ سے نندو کا بیٹا موہن گم ہو گیا ہے۔ ہم اب کیا مُنہ لے کر اُن کے سامنے جائیں"۔

"موہن کیا نندو کا ہی بیٹا تھا ماں جی"۔ کلونت کور چیخی۔ "میرا کچھ نہیں تھا وہ؟ اِن کا کچھ نہیں تھا؟ آپ کا کچھ نہیں تھا؟ کیونکہ مَیں نے اُسے اپنی کوکھ سے جنم نہیں دیا، اس لئے وہ میرا بیٹا ہی نہیں تھا"۔

"اگر چاچا جی ہمیں اُس کے گم ہونے کا ذمہ دار سمجھتے ہیں تو جو سزا وہ کہیں، میں بھگتنے کو تیار ہوں"۔ مہندر بولا۔

"اُس بے چارے نے ہمیں کیا کہنا ہے"۔ اندر کور بولی۔

"تو پھر ہم کیوں منہ چھپائے پھر رہے ہیں؟" کلونت بولی۔
"بہو ہم اُن کے سامنے کیا منہ لے کر جائیں؟"
"اگر موہن مر جاتا میرے گھر میں بیماری سے تو کیا چاچا مجھے قید کرا دیتا؟" مہندر چیخا۔
"ایسا نہ کہو۔" کلونت مہندر کے منہ پر ہاتھ رکھتی ہوئی بولی:
"واہگورو نہ کرے میرے موہن پر کوئی آنچ آئے۔ رب کرے اسے میری عمر بھی لگ جائے۔ وہ جہاں بھی ہے بڑھے، پھولے، خوش رہے۔
"ایک بات سن لو ماں۔" مہندر بولا "میں اب بھاگ کر کہیں نہیں جاؤں گا۔ اب اگر چاچا یا نند و مجھے مل گئے تو میں اُن کے پاؤں پر گر کر کہوں گا کہ میں تمہارا قصوروار ہوں۔ مجھے جو سزا دینی ہو دے لو، لیکن مجھے اپنے سے دُور نہ رکھو۔"

۱۵

اوم پرکاش ایک اتوار کی صبح جب گوردوارے سے لوٹا تو دیکھا کہ نندو ابھی تک سو رہا تھا۔ اُس کے اُوپر سے چادر کھینچتے ہوئے کہنے لگا۔ "نندو کام کاج والے آدمیوں کو اتنی دیر تک سونا شوبھا نہیں دیتا۔ جلدی اٹھا کر بیٹا!"

"پتا جی آج اتوار ہے اِس لئے دوکان تو کھُلے گی نہیں۔ تھوڑا سا اور سو لینے میں کیا حرج ہے۔ ناشتہ تیار ہو جائے تو مجھے آواز دینا میں فوراً اُٹھ جاؤں گا" نندو نے اپنے اوپر چادر کھینچتے ہوئے کہا۔

"پتہ نہیں نندو تمھیں اتنی بھوک کیسے لگتی ہے۔ ہمارا تو گرمی وجہ سے کھانے کی طرف دیکھنے کو جی نہیں کرتا" رانی نے چھیڑا۔

"ابھی کہاں گرمی ہے۔ بہن جی۔ گرمی آئے گی مئی جون میں۔ ابھی تو اپریل کی پانچ تاریخ ہوئی ہے اور آپکے پسینے چھوٹنے شروع ہو گئے ہیں۔ جاؤ ناشتہ بناؤ" نندو نے جواب دیا۔

"آج اپریل کی پانچ تاریخ ہے؟" اوم پرکاش نے پوچھا۔

"ہاں پتا جی۔ میرا مشورہ ہے کہ فوراً ناشتہ کر لو ورنہ سال بھی بھول جاؤ گے" نندو نے ہنستے ہوئے کہا۔

"میں حیران ہوں کہ میرا دھیان اب تک اِدھر کیوں نہیں گیا۔ نندو سمجھ لے تیرا ماتا پا مل گیا۔"

یہ سنتے ہی نندو اُٹھ کر بستر پر بیٹھ گیا "کیسے پتا جی؟"

"تمھیں یاد ہے کہ اپنا اِندر موہن اپریل کی چھ تاریخ کو پیدا ہوا تھا۔"

"ہاں۔ کل تو اُس کا جنم دن ہے۔"

"تمھیں یاد ہے کہ موہن سنگھ اُس کے جنم دن پر اُسے دلّی کے گوردوارہ سیس گنج میں متھا ٹیکانے لایا کرتا تھا۔"

"ہاں پتا جی۔ ایک بار ہم دونوں بھی اُن کے ساتھ آئے تھے۔" کانتا بولی۔

"کل اِندر موہن کا جنم دن ہے۔ موہن سنگھ کہیں بھی ہو کل وہ اِندر موہن کو ساتھ لے کر گوردوارہ سیس گنج ضرور پہنچے گا۔ میں اُسے وہاں جا پکڑ دوں گا۔ میں ابھی دلّی جا رہا ہوں۔"

"میں بھی آپ کے ساتھ چلوں گی پتا جی۔" کانتا بولی۔

"نہیں بیٹا۔ میں اکیلا ہی جاؤں گا۔ میں نہیں چاہتا کہ ہم سب کو دیکھ کر وہ پھر کہیں غائب ہو جائے۔ میں کل سویرے گوردوارے جاؤں گا۔ چپکے سے وہاں جا بیٹھوں گا جہاں گوردوارے میں داخل ہونے والے بھگت مجھے دیکھ نہ سکیں۔ جونہی موہن سنگھ آئے گا میں اُسے پکڑ لوں گا اور پھر ان سب کو ساتھ لے کر یہاں لوٹ آؤں گا۔"

اُسی اتوار کی دوپہر کو ادم پرکاش دلّی کے لئے روانہ ہو گیا۔

وہ صبح صبح گوردوارہ سیس گنج جا پہنچا۔ اُس سے پہلے بس چار چھ لوگ ہی گوردوارے میں تھے۔ ادم پرکاش ایک ستون کی اوٹ لے کر بیٹھ گیا۔ گوردوارے میں آنے جانے والے ہر شخص پر اس کی نظر تھی۔ بیٹھے بیٹھے قریب دس بج گئے۔ موہن سنگھ کا کہیں پتہ نہ تھا۔

اوم پرکاش کے دل میں امید کی جگہ اداسی نے لے لی۔ اُسے لگا کہ شاید موہن سنگھ اِس دُنیا میں ہو ہی نہیں۔ پھر اُس نے ایک جھٹکے کے ساتھ ایسے خیالات کو اپنے دل سے نکالنے کی کوشش کرتے ہوئے راگیوں کے ساتھ شبد گانا شروع کر دیا:
"وچھڑیاں میلے پربھو" اس شبد میں جیسے اُس کے لئے اشارہ تھا کہ آج بچھڑے ہوؤں سے ملاقات ضرور ہو گی۔

اوم پرکاش اسی طرح کے خیالات میں گم تھا جب اس نے موہن سنگھ کو گوردوارے میں داخل ہوتے دیکھا۔ اُسے لگا جیسے اُس کے دل کی دھڑکن رُک گئی۔ موہن سنگھ اپنی عمر سے قریب پندرہ بیس سال بڑا لگ رہا تھا۔ اُس کی چال سے، کھڑا ہونے کے انداز سے یوں لگ رہا تھا جیسے زندگی نے اسے ہرا دیا ہو۔ وہ جو ایک جوش ایک ولولہ تھا اُس کی ہرادا میں، وہ زندگی کی راہ میں اُس کا ساتھ چھوڑ گیا تھا۔ وہ اپنے آپ کو تقریباً گھسیٹتا ہوا گورو گرنتھ صاحب کے سامنے لایا اور دونوں ہاتھ جوڑ کر ارداس کرنے لگا۔

"مہاراج سچے پاتشاہ، دین دُنیا کے مالک میرے بچے اِندر موہن سنگھ کے سر پر اپنی رحمتوں کا سایہ رکھنا، اُسے ہر میدان میں فتح بخشنا، کامیابی بخشنا، اس کے نصیب میں جو دُکھ لکھے ہیں مہاراج انھیں مجھ بدنصیب کی جھولی میں ڈال دینا۔ نانک نام چڑھدی کلا، تیرے بھانے سربت کا بھلا"

ارداس کرنے کے بعد اُس نے ماتھا ٹیکا اور پھر گورو گرنتھ صاحب کے اِرد گرد پرکرما کی۔ اِس دَوران اوم پرکاش نے اُسے بغور دیکھا۔ اس کی آنکھوں میں آنسوؤں کے قطرے جھلملا رہے تھے۔ واپس مقدّس کتاب کے سامنے آکر اُس نے پھر ماتھا ٹیکا اور باہر کے دروازے کی طرف چل دیا۔ باہر جاکر اُس نے سیوادار سے اپنا جوتا لیا، بنچ پر بیٹھ کر پہنا اور جب چلنے کے لئے کھڑا ہوا تو اُس کے سامنے اوم پرکاش کھڑا تھا۔

موہن سنگھ کی سمجھ میں نہ آیا کہ کیا کرے۔ ایک فطری جذبے کے

تحت اُس نے اوم پرکاش کو اپنے بازوؤں میں کس لیا۔ اُس کی آنکھوں سے زار و قطار آنسو بہ رہے تھے۔ دونوں اِس حالت میں پتہ نہیں کتنی دیر کھڑے رہے۔ پھر اوم پرکاش بولا "کیوں ہم سے روٹھ گئے ہو میرے یار۔ کیا قصور ہو گیا ہے ہم سے؟"

جواب میں موہن سنگھ نے اُسے اور زور سے بھینچ لیا۔

"یہ تم نے اپنی حالت کیا بنا رکھی ہے؟ پتہ نہیں میں نے کیسے تمہیں پہچان لیا۔ تم تو بالکل بوڑھے ہو گئے ہو۔ کہاں گیا میرا پُرانا یار موہن سنگھ؟"

"سب ختم ہو گیا اومی۔"

"کچھ ختم نہیں ہُوا۔" اوم پرکاش نے ڈانٹ کر کہا۔ "مجھے پتہ ہے کہ اب بھی اگر تو کاروبار کی طرف دھیان دے تو دِنوں میں پھر سے ویسا بن جائے گا جیسا پاکستان میں تھا۔"

"کون سا کاروبار اومی؟ میں تو بہت تھک گیا ہوں۔"

"کوئی نہیں تھکا۔ تو چل میرے ساتھ انبالے۔ چل کر اپنی دوکان سنبھال۔"

"اب کہاں ہو گی مجھ سے دوکانداری۔"

"اچھا، اچھا وہ دیکھا جائے گا۔ یہ بتا کیسی ہے میری بھر جائی، میری بہو۔ . . ؟"

"چل نا گھر چل کے سب کو دیکھ لے۔"

"وہ تو دیکھوں گا ہی۔ اب تو میں پَل بھر کے لئے بھی تجھے اکیلا نہیں چھوڑوں گا۔ تیرا کیا پتہ کب بھاگ جائے۔"

دونوں ہنسنے لگے۔

"اِندر موہن کو اپنے ساتھ گوردوارے کیوں نہیں لائے؟"

موہن سنگھ نے کوئی جواب نہیں دیا۔ بس خلا میں گھورتا رہا۔

"یہ تمہیں کیا ہو جاتا ہے۔ اچھے بھلے باتیں کرتے کرتے گُم ہو جاتے ہو۔"
"کہاں گُم ہوا ہوں۔ تمہارے پاس تو بیٹھا ہوں۔"
دونوں ہنس پڑے۔
"چلو گھر چلتے ہیں تمہیں دیکھ کر سب خوش ہو جائیں گے۔" موہن سنگھ نے سجھاؤ دیا۔ اُسے ڈر تھا کہ اگر اوم پرکاش نے پھر اِندر موہن کے بارے میں پوچھا تو کیا جواب دے گا۔

گھر پہنچے تو اوم پرکاش کو دیکھ کر سب کھل اُٹھے۔ سب ایک ساتھ بول رہے تھے۔ سب جاننا چاہتے تھے کہ اوم پرکاش کے گھر میں سب ٹھیک ہیں نا۔

"کہاں ٹھیک ہیں" اوم پرکاش نے غصے میں کہا۔ "آپ لوگوں نے ہماری خبر ہی نہیں لی۔ ہمیں بھلا ہی دیا، جیسے ہم سب مر کھپ گئے ہوں۔"
"ایسا نہ کہو چاچا جی۔" کلونت بولی۔
"کیوں نہ کہوں، پاکستان کیا بنا، ہم سب تمہارے لئے پرائے ہو گئے۔"
"پرائے کیسے ہو گئے! اپنے تو اپنے ہی رہتے ہیں بھرا جی۔" اِندر کور کہنے لگی۔

"کیا اپنے رہتے ہیں! اِس مہندر کے بچے نے نندو سے کہہ دیا کہ یہ مہندر رہی نہیں ہے۔ جی چاہتا ہے اِس اُلو کے پٹھے کے سو جوتے ماروں۔"
مہندر اس کے گلے لگ کر رونے لگا۔

"بہت تلاش کیا ہم نے تم سب کو۔ ریڈیو پر اعلان کرایا۔ راولپنڈی سے آنے والے ہر شخص سے پوچھا لیکن کچھ پتہ نہ چلا۔ پھر اچانک مجھے یاد آیا۔۔۔۔" اوم پرکاش کہہ رہا تھا۔
"کیا یاد آیا؟" موہن سنگھ نے پوچھا۔

"مجھے یاد آیا کہ آج کے دن تو اِندر موہن کو گوردوارہ سیس گنج میں متھا ٹیکانے جاتا ہے۔ مَیں نے سوچا آج اُس کا جنم دن ہے تو تو وہاں ضرور پہنچے گا۔ دیکھ لے میرا نسخہ چل گیا۔ ۔ ۔ ۔ اچھا یار تو اندر موہن کو اپنے ساتھ گوردوارے کیوں نہیں لے گیا۔ ۔ ۔ ۔ اور وہ ہے کہاں؟"

سب ایکدم خاموش ہو گئے۔ اوم پرکاش نے ایک ایک چہرے کو غور سے دیکھا۔ کوئی اُس سے آنکھ بھی نہیں ملا رہا تھا۔ اچانک وہ چیخ کر بولا۔

"اِندر موہن کہاں ہے موہن سنگھ؟ مر گیا ہے کیا؟"

"ایسا نہ کہو اومی۔ گورو مہاراج اُسے میری عمر بھی دے دے۔"

"تو پھر کہاں ہے وہ؟ نہ گوردوارے میں دکھائی دیا، نہ یہاں نظر آ رہا ہے۔"

پھر وہی خاموشی!

اب کے اوم پرکاش کے صبر کا پیمانہ لبریز ہو گیا۔ "بھگوان کے لئے مجھے بتاؤ اندر موہن کہاں ہے، ورنہ میں پاگل ہو جاؤں گا۔"

پھر مہندر نے روتے روتے اندر موہن کے گم ہونے کی پوری داستان کہہ سنائی۔

"بہت ڈھونڈا ہم نے موہن کو۔ بہت تلاش کیا لیکن وہ نہ ملا۔ ہم تو اُسے ڈھونڈتے ڈھونڈتے وہیں راولپنڈی میں مر جانا چاہتے تھے، لیکن ملٹری والوں نے زبردستی ہمیں ٹرک میں لاد کر ہندوستان لا پھینکا۔" اِندر کور نے مہندر کی کہانی کو پورا کرتے ہوئے کہا۔

موہن سنگھ کے گھر میں مکمل خاموشی تھی۔ یوں لگتا تھا جیسے ان لوگوں کی سانس بھی نہیں چل رہی۔ ہر کوئی شاید یہ سوچ رہا تھا کہ دیکھو اب اوم پرکاش کا ردِ عمل کیا ہوتا ہے۔

اوم پرکاش خود نہیں جانتا تھا کہ اُسے کیا کہنا چاہیئے۔ پھر جی کڑا کر کے

بولا۔ "بس اتنی سی بات پر آپ لوگوں نے ہم سے ناطہ توڑ لیا۔" اس ایک جملے کی ادائیگی میں سینکڑوں گالیاں اُس کے جسم کو کھلتی ہوئی نکل گئیں۔

"دارجی کے لئے یہ بہت بڑا حادثہ تھا۔ ہندوستان آکر انہوں نے کوئی کام کاج نہیں کیا۔ سادھوسنتوں اور جیوتشیوں سے پوچھتے رہتے ہیں کہ موہن ہمیں کب ملے گا۔" مہندر نے کہا "اسی لئے ہم آپ سے دُور بھاگتے رہے۔"

"اِس لئے کہ میرا پوتا آپ سے گم ہوگیا۔"

"ہاں۔"

"میرا اِس لئے کہ اُسے میری بہو نے جنا تھا؟ تمہارا کچھ نہیں تھا وہ؟ اگر موہن بیمار ہوکر مرجاتا تو کیا ہم تجھ سے اُس کا ہرجانہ مانگتے؟"

"یہ کیا کہہ رہے ہو بھراجی؟" اِندر کور بولی۔

"ٹھیک کہہ رہا ہوں۔ تم لوگ بھول گئے کہ جب موہن تھا تو دونوں گھروں کا تھا۔ اور اب جب نہیں ہے تو دونوں کے لئے نہیں ہے۔ اُس کے نہ رہنے سے ہمارے گھروں کو بٹ نہیں جانا چاہیئے۔ تم لوگ چلو میرے ساتھ۔"

"کہاں؟" موہن سنگھ نے پُوچھا۔

"انبالے اور کہاں؟ وہاں اچھا خاصہ گھر ہے۔ اُس میں آکر رہو۔ اپنی دوکان سنبھالو۔ ہماری قسمت میں ہوا تو موہن بھی مل جائے گا۔"

"چاچاجی۔۔۔" مہندر نے کچھ کہنے کی کوشش کی لیکن اودم پرکاش نے ٹوک دیا۔ "دیکھ پُتر میں کوئی بہانہ نہیں سُننے والا۔ مَیں تمہیں لئے بغیر یہاں سے ہلنے والا نہیں۔"

"چاچاجی ہم اپنے آپ کل آجائیں گے۔" کلونت بولی۔

"ٹھیک ہے بیٹی۔ مَیں بھی رات یہیں رہ جاتا ہوں۔ سویرے تم لوگوں کو ساتھ لے کر ہی جاؤں گا۔"

"آپ دارجی کو لے کر جائیے۔ ہم لوگ کچھ دنوں بعد آئیں گے۔"

"سردار مہندر سنگھ کل سویرے تو بھی میرے ساتھ جائے گا اور تیرا باپ بھی۔"

سب ہنسنے لگے۔

پھر ایک کاغذ پر پتہ لکھ کر مہندر کو دیتے ہوئے اوم پرکاش نے کہا "مہندر جا ایک تار نند و کو دے آ۔"

"کیا لکھوں چاچا جی؟"

"لکھنا تایا مل گیا ہے اور مَیں تم سب کو اپنے ساتھ لے کر سوئٹے انبالے پہنچ رہا ہوں۔ اور سُن یہ سب انگریزی میں لکھنا۔ اتنی انگریزی جانتا ہے نا۔"

سب کھِلکھِلا کر ہنس پڑے۔

۱۶

تار ملتے ہی اوم پرکاش کے گھر میں خوشی کی لہر دوڑ گئی۔ رام پیاری کانتا اور رانی مکان کے ایک بڑے کمرے کو موہن سنگھ کے پریوار کے رہنے کے لئے تیار کرنے میں لگ گئیں۔ نندو شربتی کو لے کر دوکان پر چلا گیا۔ دوکان پر جو کاؤنٹر بنا ہوا تھا اُسے نندو نے ہٹوا کر ایک بڑا تخت پوش بچھا دیا۔ شربتی نے بہتیرا اعتراض کیا کہ تخت پوش پر بیٹھ کر دوکانداری کا زمانہ اب نہیں رہا لیکن نندو نہیں مانا۔ کہنے لگا میرے تایا جی کھڑے ہو کر دوکانداری کرنا پسند نہیں کرتے۔

دوسرے دن تک اوم پرکاش کے گھر کا کونہ کونہ دمک رہا تھا۔ نندو نے بہت سے ہار بھی منگوا لئے تاکہ موہن سنگھ کے پریوار کا پھولوں سے سواگت کیا جا سکے۔ گھر میں طرح طرح کے پکوان پک رہے تھے۔ وہ سارے پکوان موہن سنگھ کو پسند تھے۔

شام کے چار بج رہے تھے جب اوم پرکاش سب کو لے کر انبالے پہنچا۔ جونہی دروازے پر دستک ہوئی سب لپک کر باہر آ گئے۔ ایک دوسرے کے گلے ملتے ہوئے کسی کو یاد بھی نہ رہا کہ آنے والوں کو پھولوں کے ہار بھی پیش کرنے تھے۔

اوم پرکاش بات بات میں ہنسی کے فوّارے چھوڑ رہا تھا۔
موہن سنگھ کو ڈھونڈ نکالنے کا قصّہ اُس نے کچھ اِس انداز سے سُنایا جیسے وہ کوئی پولیس انسپکٹر ہو جس نے کسی بڑے ڈاکو کو گرفتار کیا ہو۔ موہن سنگھ گلی میں گھُس گیا۔ مَیں نے دوسری گلی سے ہوکر اس کا راستہ روک لیا۔ یہ ایک تانگے میں سوار ہوکر بھاگنے لگا تو ہَم نے ایک رکشہ لے کر اس کا پیچھا کیا۔ سب ہنسی کے مارے لوٹ پوٹ ہو رہے تھے۔

موہن سنگھ نے کہا، "اومی ہندوستان میں آکر تو اچھا خاصہ مسخرا بن گیا ہے۔"

"کیا کروں بھائی، گھر میں ایک میراثی تو ہونا ہی چاہیئے۔ تُو نہیں تھا تو مجبوراً تیرا کاروبار سنبھالنا پڑا۔"

پُورا گھر اُن کے قہقہوں سے گُونج رہا تھا۔ ایک کا شانتی جو ان قہقہوں میں شامل ہونے کے باوجود کسی کی تلاش میں سرگرداں تھی۔ اپنے اندر موہن کی تلاش میں۔

یہی تلاش رام پیاری اور نندو کی آنکھوں میں بھی تھی لیکن کسی کی ہمّت نہ ہوئی کہ اِندر موہن کے بارے میں پُوچھے۔ اِندر موہن تو اب مہندر کا بیٹا تھا۔ اس کے بارے میں پُوچھنا تو ایسے تھا جیسے دان کرنے کے بعد کوئی کسی بھکاری سے پوچھے کہ تجھے جو دان دیا تھا اُس کا تو نے کیا کیا۔

اوم پرکاش نے البتہ ان سب کی آنکھوں میں لکھی ہوئی تحریر پڑھ لی تھی۔ اچانک اُس نے چہکتے ہوئے اعلان کیا، "انبالے کے سب لوگ ذرا اِس کمرے میں آجائیں۔ ایک ضروری مشورہ کرنا ہے۔"

موہن سنگھ نے پوچھا، "اومی اس مشورے میں ہمیں شامل نہیں کروگے؟"

"کیسے کرسکتا ہوں۔ مشورہ تمھیں لوگوں کے خلاف تو کرنا ہے۔"

سب ہنس پڑے۔

موہن سنگھ جانتا تھا کہ اوم پرکاش کس بات پر مشورہ کرنے کے لئے اپنے پریوار کو کمرے میں لے گیا ہے۔ اکیلا موہن سنگھ ہی نہیں سب جانتے تھے، کلونت، مہندر، اندر کور سب جانتے تھے کہ کمرے میں انہی کی تقدیر کا فیصلہ ہونے والا ہے۔

کمرے میں پہنچ کر اوم پرکاش نے دروازے کی چٹخنی چڑھا دی۔ اس سے پہلے کہ وہ کچھ کہتا، کانتا تقریباً چلا اٹھی "پتا جی اندر موہن کہاں ہے؟"

"یہی بتانے کے لئے میں تم سب کو یہاں لایا ہوں۔ وہ گم ہو گیا ہے بیٹا۔"

سب کو یوں لگا جیسے کمرے کی چھت اچانک اُن کے سروں پر آگری ہو۔

اوم پرکاش نے انہیں سنبھلنے کا موقع دیا اور پھر موہن سنگھ کے گم ہونے کی داستاں کہہ سنائی۔ کہانی سنتے سنتے کانتا کو یوں لگا جیسے دھرتی پھٹ رہی ہے اور وہ اُس میں سمائی جا رہی ہے۔ اوم پرکاش نے اس کی حالت سمجھتے ہوئے اپنے سینے سے لگا لیا، اور کہا۔

"بیٹا کسی طرح اپنے دل کو سنبھالو کہ یہ بچہ ہماری دُنیا سے دُور چلا گیا ہے۔۔۔ اُس بچے کی جُدائی نے موہن سنگھ، مہندر اور کلونت اور اندر کور کو جھنجھوڑ دیا ہے۔ اُن کو پھر سے اِس دُنیا میں واپس لانے کے لئے ضروری ہے ہم سمجھ لیں کہ اندر موہن کا وجود ہی نہیں تھا۔ اور اگر تھا بھی تو ہم نے اُس کی جُدائی کو ایک اٹوٹ سچائی سمجھ کر برداشت کر لیا ہے۔ ہم اِندر موہن کی آج کے بعد بات ہی نہیں کریں گے۔"

"بات ہی نہیں کریں گے؟"، رام پیاری بولی۔

"ہاں۔ اِس کمرے سے اس طرح باہر جاؤ جس سے موہن سنگھ

اور اس کے پریوار کو احساس ہو کہ ہم نے یہ دُکھ سہن کر لیا ہے۔ ہم نے بھلا دیا کہ ہمارا کوئی بچہ تھا۔ اِندر موہن کو کسی نے جان بوجھ کر تو گم کیا نہیں۔ جیسے اُن کا گیا، ویسے ہمارا۔" اوم پرکاش اُن کے ساتھ خود کو بھی تسلی دے رہا تھا۔

نندو نے اپنے پتا کی ہاں میں ہاں ملاتے ہوئے کہا "بار بار ذکر کرنے سے اُن کے زخم بھی ہرے ہوں گے اور ہمارے بھی۔ کچھ حاصل تو ہوگا نہیں۔" اور پھر اُس نے سب کو مخاطب کرتے ہوئے کہا "چلو بھئی باہر چلیں۔ تایا جی سمجھیں گے ہم کوئی سازش کر رہے ہیں اُن کے خلاف۔"

اور پھر اپنے پھیکے مذاق پر ایک بناوٹی ہنسی ہنس دیا۔

باہر بیٹھے ہوئے موہن سنگھ کے پریوار کی چھاتی سے جیسے ایک بوجھل پتھر ہٹ گیا۔

قریب ایک مہینہ گزر گیا۔

دونوں پریوار ایک ہو گئے تھے۔ گھر میں خوشیوں کا راج تھا۔ یوں لگتا تھا جیسے موہن سنگھ کے بیتے دن لوٹ آئے ہوں۔ گھر کے بڑے چھوٹے فیصلے اب اُس کی مرضی کے بغیر نہیں ہوتے تھے۔ گھر میں اگر کسی کو شکایت تھی تو شری تی کو تھی۔ موہن سنگھ کے لوٹ آنے سے اُس کی پوزیشن میں کمی آگئی ہے۔ پہلے وہ دوکان پر سیلز مین تھا اب وہ تھان پکڑانے کا کام کرتا تھا۔ ویسے کمی تو سب کی پوزیشن میں آگئی تھی۔ پہلے اوم پرکاش دوکان کا مالک تھا اب یہ رتبہ موہن سنگھ کو مل گیا۔ لیکن باقی لوگ اپنی پوزیشن میں کمی دیکھ کر خوش تھے کہ وہ اپنے صحیح مقام پر آگئے ہیں۔ لیکن شری تی اِس طرح سوچنے کا عادی نہیں تھا۔

ایک دن وہ دوکان سے گھر وقت سے پہلے لوٹ آیا۔ کانتا اُس وقت کمرے میں اکیلی تھی اور مہندر کی قمیض میں بٹن ٹانک رہی تھی۔ دیکھ کر کہنے لگا "بھرجائی یہ بہت اچھا کر رہی ہو۔ مہندر کی جتنی بھی سیوا

کرو کم ہے"۔

"یہ تو ہے شربتی۔ وہ میرا جیٹھ ہے"۔

"جیٹھ تو خیر ہے ہی۔ ویسے بھی تم پر اُس کے بڑے احسان ہیں"۔

"احسان کیسے؟ بڑے بھائی کی محبت کو بھی کوئی احسان کہتا ہے پگلی"۔

"اب تم مانو یا نہ مانو۔ احسان تو بہت بھاری ہے اُس کا تم پر"۔

"وہ کیسے شربتی؟"

"دیکھو نا اگر اِندر موہن آج تمھارے پاس ہوتا تو تمھارا کتنا خرچ ہوتا۔ اس کی پڑھائی لکھائی کا خرچ اُس کے پالنے پوسنے کا خرچ اور پھر اُس کی شادی بیاہ کا خرچ۔ مہندر نے اِس سارے خرچ سے تمھیں مُکت کر دیا۔ اُس نے تمھارا بیٹا ہی ہتھیا لیا"۔

"کیا بک رہے ہو شربتی۔ تم اچھی طرح جانتے ہو کہ موہن اچانک گم ہو گیا ہے"۔

"انھوں نے کہہ دیا اور تم نے مان لیا"۔

"شربتی تم اچھی طرح جانتے ہو کہ تایا جی جھوٹ بولنے والے آدمی نہیں ہیں"۔

"اور تم بھی اچھی طرح جانتی ہو کہ مہندر کی بیوی کلونت بانجھ ہے۔ اُس کے ہاں اپنا بچہ تو کبھی ہوگا نہیں۔ تم اندر موہن کو اُس کا دل بہلانے کے لئے اُن کے ہاں چھوڑ آئیں۔ آہستہ آہستہ اُن کے مَن میں آیا کہ کیوں نہ اندر موہن پر مستقل قبضہ جمایا جائے۔ بڑھاپے کا سہارا لینے گا۔ گوجر خان میں تو شاید یہ ممکن نہ ہوتا لیکن مُلک کی تقسیم کا موقعہ اچھا تھا۔ بہانہ کر دیا کہ بچہ پاکستان میں گم ہو گیا"۔

"بکومت شربتی"۔

"ٹھیک ہے بھرجائی۔ اگر تم خود ہی اپنا بچہ کھو کر خوش ہو تو پھر میری بک بک کا کیا فائدہ میں نے تو تمھاری آنکھوں سے پردہ ہٹانے کی کوشش کی تھی۔ اگر تم خود ہی آنکھیں بند رکھنا چاہتی ہو تو تمھاری خوشی۔"

یہ کہہ کر شربتی باہر نکل گیا۔

کانتا جانتی تھی کہ شربتی شرارتی آدمی ہے۔ اُسے دوسروں کے رشتے بگاڑنے میں ایک عجیب سی مسرت کا احساس ہوتا ہے۔ اس کے باوجود وہ اپنے دل سے اُس پودے کو جڑ سے اکھاڑ کر پھینک نہ سکی جو شربتی لگا گیا تھا۔ اُسی دن دوپہر کو کانتا کی ماں مایا دیوی اُس سے ملنے آئی تو اُس نے شربتی کی بات کا اُس سے ذکر کیا۔ کہا تو کچھ اس طرح جیسے یہ کہہ رہی ہو کہ دیکھو شربتی اِس طرح کی بیہودہ باتیں بھی کرتا ہے لیکن لگا یوں جیسے ایک ہلکا سا شک اُس کے دل میں پیدا ہو گیا ہو۔ مایا دیوی نے شک کے اُس پودے میں کھاد ڈال دی کہنے لگی:

"موہن سنگھ کی کہانی مجھے بھی کچھ جچی نہیں۔ بچہ اگر گم ہو گیا تھا، تو پھر یہ لوگ وہاں سے کھسک کیوں آئے؟"

"لیکن کیا تایا جی ایسا گھناؤنا کام کر سکتے ہیں؟"

"یہ کلجگ ہے پتر۔ یہاں کچھ بھی ہو سکتا ہے۔"

کانتا کے دل میں شک کے پودے نے جڑیں پکڑ لیں۔

رات کو جب نندو گھر آیا تو کچھ تھکا ہوا تھا، اس لئے سیدھا اپنے کمرے میں آکر بستر پر لیٹ گیا۔ اُس کے پیچھے پیچھے کانتا بھی آگئی۔ نندو نے اُسے سمجھایا کہ وہ کوئی ایسا بیمار نہیں ہے کہ اُسے بیوی کی تیمارداری کی ضرورت ہو۔ "جا کر رسوئی میں کلونت کی مدد کر۔ تیری بہن ہے۔ بڑی۔"

"بہن تو تھی ہی لیکن اب تو رشتہ اور بھی گہرا ہو گیا ہے۔"

"کیا ہوا بھئی، کچھ ہم بھی تو سُنیں۔" نندو نے جھکتے ہوئے کہا۔

"میرے بچے کی ماں جو بن بیٹھی ہے۔"

نندو ایک دم بپھر کر اُٹھ بیٹھا۔ "کیا کہہ رہی ہو تم؟"

"سچ کہہ رہی ہوں" کانتا چیخ کر بولی۔ "کُلونت نے میرے بچے کو ہتھیا لیا ہے۔ وہ گُم نہیں ہوا۔ چُرا لیا گیا ہے۔ موہن انہی کے پاس ہے۔"

"ہے تو پھر کہاں ہے؟" نندو گرجا۔

"مجھ سے کیا پوچھتے ہو۔ جاؤ جا کر اُن سے پوچھو جو میرے بچے کے چور ہیں۔"

"آہستہ بول، کوئی سُن لے گا۔" نندو کو یکلخت احساس ہوا کہ تایا جی باہر صحن میں بیٹھے ہیں۔

"سنتے ہیں تو سُن لیں۔ میں جانتی ہوں میرا بچہ گُم نہیں ہوا، چوری ہوا ہے۔"

پورے گھر میں قبرستان کی سی خاموشی چھا گئی۔

۱۷

کانتا کا الزام سُن کر موہن سنگھ کو کوئی حیرانی نہیں ہوئی۔ حیرانی بلکہ اُسے اِس بات کی تھی کہ اتنے دن اُس نے اندر موہن کے بارے میں پوچھا کیوں نہیں تھا۔ حیرانی اُسے یہ تھی کہ ایک ماں اتنے بڑے دُکھ کو چپ چاپ برداشت کیوں کر گئی۔ یہ درست ہے کہ جانے والے چھاتی پیٹنے سے واپس نہیں آتے لیکن چھاتی پیٹنے والے کا غم تو ہلکا ہو جاتا ہے۔

موہن سنگھ کو کانتا پر غصہ بھی نہیں آیا کہ وہ اس طرح چلائی کیوں۔ کسی کے سینے میں دبا ہوا لاوا اگر پھوٹ نکلے تو اس پر ناراضگی کس بات کی۔

موہن سنگھ کو اس وقت چنتا تھی تو بس اتنی کہ گھر کی بوجھل فضا کو ہلکا کیسے کیا جائے۔

کچھ دیر بعد یہی کیفیت کانتا کی تھی۔ وہ حیران تھی کہ اُس نے شربتی کی باتوں میں آکر ایک بے بس اور بے قصور آدمی پر تیر کیسے چلا دیا۔ اُس کے دل سے بار بار دُعا نکل رہی تھی کہ اُس کی زبان سے نکلا ہوا یہ تیر کسی طرح واپس آجائے۔ لیکن کمان سے نکلا ہوا تیر کبھی واپس آتا ہے کیا۔

کمرے سے نکل کر وہ تایا جی کے سامنے سے ہو کر گذری۔ اُسے ایک مُبہم سی امید تھی کہ شاید وہ اُسے دیکھ کر بپھر جائیں۔ کہہ دیں کہ اس طرح کا

گھناونا الزام لگانے کی اُس کی ہمت کیسے ہوئی۔ ہو سکتا ہے غصے میں آکر تھپڑ ہی مار دیں۔ اگر ایسا ہو جائے تو اُسے کتنی خوشی ہوگی۔ کئے کی سزا بھگتنے میں کئی بار ایک عجیب سا سکون ملتا ہے۔

موہن سنگھ نے اُسے دیکھ کر وہ تو نہیں کیا جس کی امید میں کانتا اُس کے سامنے سے گذری تھی لیکن دیکھا اتنے پیار سے جیسے جو کچھ وہ کہہ چکی تھی اُس نے سُنا ہی نہیں تھا۔ اور پھر کہا "کانتا اِدھر اُدھر گھوم رہی ہو کیا آج روٹی نہیں کھلاتی ہمیں؟"

"ابھی بناتی ہوں تایا جی" کانتا کی چھاتی پر سے پتھر کی سِل سرک گئی۔

"اور سُن۔" موہن سنگھ بولا "آج میں راج ماہ اور چاول کھاؤں گا۔ اچھے بنانا۔"

"اچھا تایا جی۔"

"اور اگر اچھے نہ بنے تو میکے بھجوا دوں گا تجھی۔"

سب ہنس پڑے۔ سب نے دل ہی دل میں شکر ادا کیا کہ حالات پھر معمول پر آگئے ہیں۔

کھانا بنا اور سب نے مِل کر کھایا۔ موہن سنگھ، مہندر، اندر کور یا گُونت نے کانتا کو محسوس تک نہیں ہونے دیا کہ اُس سے کوئی نازیبا حرکت ہوئی ہے۔ رات کے کھانے میں البتہ نند کشور شامل نہیں تھا۔ سب کا خیال تھا کہ وہ طبیعت کی ناسازی کی وجہ سے غیر حاضر تھا۔

جب سب سونے کے لئے اپنے اپنے ٹھکانوں پر چلے گئے تو کانتا اپنے کمرے میں آگئی۔ پیار سے اُس نے نند کشور کے ماتھے کو چھوا اور کہا "مجھ سے بڑی بھول ہوگئی نندو۔ مجھے معاف کر دو۔"

"مجھ سے معافی مانگنے سے کیا ہوگا کانتا۔ دل تو تُو نے اُس فرشتے کا دُکھایا ہے" نندو بولا۔

" انھوں نے تو معاف کر دیا۔ آج میرے ہاتھ کی بنی روٹی کھا کر مجھے اتنی دعائیں دیں کہ میری جھولی بھر گئی۔ پھر بھی کل سویرے مَیں اُن کے پاؤں پر گر کر کہوں گی،" تایا جی آپ تو مجھے اپنے ہاتھوں سے دُلہن بنا کر اپنے گھر لائے تھے۔ میری ایک بھول کو معاف نہیں کرو گے؟ دیکھنا وہ مجھے گلے سے لگا کر معاف کر دیں گے۔ تم یہ دُودھ پی لو۔ مجھے تمھارا خالی پیٹ سونا اچھا نہیں لگے گا۔"

"نہیں کانتا۔ میری بھوک پیاس مٹ گئی ہے۔ جب تک تیری بات کا زہر میرے جسم میں ہے مَیں کچھ کھا پی نہیں سکتا۔"

دن نکلنے تک نندو کا غصّہ بھی کچھ کم ہو گیا تھا۔ دوسروں کی طرح وہ بھی چاہتا تھا کہ کسی طرح کانتا کی کل کی بات ذہن سے اُتر جائے۔ وہ یہ جاننے کے لئے بھی بے چین تھا کہ کیا واقعی تایا جی نے کانتا کے اُبال کو ایک ماں کی اندھی ممتا سمجھ کر معاف کر دیا تھا؟

وہ جب صحن میں پہنچا تو موہن سنگھ ہمیشہ کی طرح وہاں موجود نہیں تھا۔ وہ حیران تھا کہ موہن سنگھ ابھی تک اُٹھا نہیں تھا۔ وہ تو صبح جلدی اٹھنے کا عادی تھا۔ جھجکتے ہوئے اُس نے موہن سنگھ کے کمرے کے باہر آواز لگائی۔

"تایا جی دوسروں کو تو بڑا بھاشن دیتے ہو کہ سویرے اٹھنا چاہیے اور خود ابھی تک سو رہے ہو۔"

کوئی جواب نہ سن کر اُس نے دروازہ کھٹکھٹایا لیکن پھر بھی کوئی جواب نہ ملا۔ ایک انجانے خوف کے تحت وہ دروازہ دھکیل کر کمرے کے اندر چلا گیا... اندر کوئی بھی نہیں تھا۔ نہ موہن سنگھ، نہ مہندر نہ اندر کور نہ کلونت۔ کمرے کی حالت ایسی تھی جیسے وہاں کبھی کوئی رہتا ہی نہ ہو۔

نندو خالی کمرے میں ہر ایک کو آوازیں دے رہا تھا "تایا جی، تایا جی، مہندر، بھرجائی" لیکن اُس کی آواز دیواروں سے ٹکرا کر واپس آرہی تھی۔

سب حیران تھے کہ یہ سب لوگ چلے کہاں گئے۔

کانتا نے ڈرتے ڈرتے کہا "کہاں چلے گئے ہوں گے؟"

بس اِس بات پر نندو بپھر گیا "شرم نہیں آتی پوچھتے ہوئے؟ کل کی تیری بکواس سُننے کے بعد کوئی غیرت مند اس گھر میں رہے گا کیا؟"

"مَیں نے تو۔۔۔"

"چپ رہو بے شرم"

پھر وہ اپنی موٹر سائیکل کی طرف لپکا اور اسے سٹارٹ کرتے ہوئے کہا "مَیں تایا جی کو واپس لانے کے لئے جا رہا ہوں لیکن جانے سے پہلے ایک بات کہہ دینا چاہتا ہوں۔ اب اگر کسی نے اشاروں میں بھی تایا جی پر اِندر موہن کے گُم ہونے کا الزام لگایا تو مَیں اُس کی زبان کھینچ لوں گا۔"

اوم پرکاش نے نندو کے موٹر سائیکل کے ہینڈل پر ہاتھ رکھتے ہوئے کہا "نندو کہیں جانے کی ضرورت نہیں۔ موہن سنگھ اگر تمہیں مل بھی گیا تو وہ خوددار آدمی اب اِس گھر میں واپس نہیں آئے گا۔ نندو نے موٹر سائیکل کھڑی کر دی اور اپنے باپ کے گلے لگ کر روتے روتے کہنے لگا۔ میں نے ان سب کو بڑی مشکل سے پایا تھا پتا جی۔"

"ہماری قسمت میں ہوا تو وہ لوگ پھر مل جائیں گے۔ بھگوان پر بھروسہ رکھو۔" اوم پرکاش نے اُسے تسلی دیتے ہوئے کہا اور اپنے ساتھ کمرے میں لے گیا۔

موہن سنگھ اپنے پریوار کو لے کر ایک بار پھر دلّی آگیا۔کسی نے اُس کی تجویز کی مخالفت نہ کی کہ انھیں اوم پرکاش کے گھر سے چلے جانا چاہیئے۔ لیکن اچھا کسی کو نہیں لگا۔ مہندر نے ایک دن کہہ ہی دیا۔

"چاچا جی کے گھر سے یوں چوروں کی طرح بھاگ کر آنا مجھے اچھا نہیں لگا۔

"مجھے کون سا اچھا لگا لیکن اِس کے سوا چارا ہی نہیں تھا۔"

"اب جب نند و یا چاچا جی ڈھونڈتے ڈھونڈتے یہاں آجائیں گے تو مَیں کیا جواب دُوں گا انھیں کہ مَیں اپنے باپ کی قسم کھا کر کہتا ہُوں کہ مَیں مہندر نہیں ہُوں۔"

"چنتا نہ کر پُتر، وہ اب ہمیں ڈھونڈنے نہیں نکلیں گے۔"

"یعنی کانتا نے جو کچھ کہا وہ ان سب کی آواز تھی؟"

"نہیں نہیں یہ بات نہیں ہے۔"

"تو پھر ہم بھاگ کیوں نکلے۔ مَیں نے تو کانتا بھابی کی بات کا ہرگز بُرا نہیں مانا۔ موہن کے گم ہونے کا دُکھ ہم سے۔ برداشت نہیں ہو رہا تو پھر اُس بے چاری کا کیا دوش۔ اُس نے تو موہن کو اپنی کوکھ سے جنا ہے۔ آپ کو اُس کی بات کا بُرا نہیں ماننا چاہیئے تھا۔"

"مَیں نے ہرگز بُرا نہیں مانا پُتر۔ کانتا تو قربانی کا پُتلا ہے۔ اس نے ہنستے ہنستے اپنے جگر کے ٹکڑے کو ہماری جھولی میں ڈال دیا تھا تاکہ ہمارے سُونے گھر میں رونق آجائے۔ وہ ہم پر الزام کیوں دھرے گی۔ سچی بات یہ ہے مہندر کہ مَیں اُس کے دُکھ کو اچھی طرح سمجھتا ہُوں۔"

"تو ہم لوگ بھاگ کیوں آئے؟"

"دیکھ بیٹا ہمارے دو خاندانوں کے درمیان دلوں کا رشتہ ہے۔ اور دل شیشے کی طرح نازک ہوتا ہے۔ اس میں ذرا سا بھی بال آ جائے تو شکلیں ٹیڑھی نظر آنے لگتی ہیں۔ کانتا کے دل کے شیشے میں کہیں معمولی سا بال آ گیا ہے۔ جب تک اُس کے دل کا شیشہ بالکل صاف نہیں ہو جاتا، ہمارا وہاں رہنا ٹھیک نہیں تھا۔"

"پتہ نہیں یہ کب ہوگا۔ اب کیا بس ساری زندگی اپنے چاچے اور بھائی کو دیکھے بغیر گذار دوں گا؟"

"تیری تو عمر پڑی ہے پُتر۔ تو مجھے دیکھ۔ مَیں پتہ نہیں کتنے دن اور زندہ رہوں۔ مجھے تو شاید شمشان جانے کے لئے بھی اومی کا کندھا نصیب نہ ہو۔"

"ایسا کوئی طریقہ نہیں دارجی کہ کانتا کے دل کے آئینے کو صاف کیا جا سکے؟"

"اس کا علاج وقت ہے۔ وقت بہت بڑا مرہم ہے۔ یہ بڑے سے بڑا گھاؤ بھر دیتا ہے۔"

"اس میں تو پتہ نہیں کتنے برس لگ جائیں۔ کوئی اور طریقہ نہیں اِس غلط فہمی کو دُور کرنے کا۔"

"طریقہ تو ہے پُتر ۔ ۔ ۔"

"کیا طریقہ ہے دارجی؟"

"ایک بڑی قربانی دے کر اُس کی غلط فہمی کو دُور کیا جا سکتا ہے لیکن دُکھ کی بات یہ ہے کہ ہم وہ قربانی دینے کے قابل نہیں ہیں۔"

"کیوں قابل نہیں ہیں؟"

"دیکھ مہندر آج اگر تیرا کوئی بچہ ہوتا تو مَیں اُسے کانتا کی گود میں

ڈال دیتا اور کہتا "لے کانتا بیٹی تیرا موہن لوٹ آیا۔ لیکن ہم ایسے ابھاگے ہیں کہ ایسا کر نہیں سکتے۔ کاش تیرا ایک بچہ ہوتا ۔ ۔ ۔"

"بچہ"

"ہاں بچہ ۔ جتنا بڑا قصور انجانے میں ہم سے ہو گیا ہے اُس سے بڑی قربانی دیئے بغیر ہم سُرخرو نہیں ہو سکتے۔"

مہندر کسی گہری سوچ میں گم ہو گیا۔

کئی دن مہندر یہ بات کہنے سے جھجکتا رہا لیکن ایک دن وہ اپنے آپ پر ضبط نہ کر سکا۔ فوری وجہ یہ تھی کہ ایک دن بازار میں پھل بیچتے ہوئے اُس کی ملاقات اُس ڈاکٹر سے ہو گئی جس نے راول پنڈی میں کلونت کا معائنہ کیا تھا۔ مہندر نے جب اُسے بتایا کہ اُس کا کوئی بچہ نہیں ہے تو وہ ہنسنے لگی۔ کہنے لگی "سردار جی ایک معمولی سا آپریشن تھا۔ اگر کلونت نے کرا لیا ہوتا تو آج تمہارے کئی بچے ہوتے۔"

مہندر نے ایک دن موہن سنگھ کو اکیلا دیکھ کر راولپنڈی میں ڈاکٹر سے ملاقات کی پوری کہانی کہہ سُنائی۔ موہن سنگھ سُن کر حیران رہ گیا۔ "پُتر یہ بات تُو نے پہلے کبھی نہیں بتائی؟"

"بتانے کا فائدہ کیا دار جی۔ کلونت کبھی آپریشن کے لئے راضی نہیں ہو گی۔ وہ آپریشن سے بہت ڈرتی ہے۔ اُسے یقین ہے کہ آپریشن اُس کے لئے جان لیوا ثابت ہو گا۔ اور دار جی ایسے آپریشن کا فائدہ بھی کیا جو میری کلونت مجھ سے چھین لے۔"

موہن سنگھ نے ہنستے ہوئے کہا "اصل بات یہ ہے سردار مہندر سنگھ کہ آپریشن سے کلونت نہیں ڈرتی، تو ڈرتا ہے۔ خیر اب یہ معاملہ تو مجھ پر چھوڑ

دے۔"

موہن سنگھ نے ساری کہانی اِندر کور کو کہہ سُنائی۔ اُس نے وعدہ کیا کہ وہ کُلونت کو راضی کرے گی۔

اِندر کور نے جب کُلونت پر دباؤ ڈالنا شروع کیا تو اُس نے مہندر سے شکایت کی "یہ کیوں بتادیا تُو نے ماں کو؟ کیا بچہ تمہیں میری جان سے زیادہ عزیز ہے؟"

پتہ نہیں مہندر پر کیا موڈ طاری تھا۔ کہنے لگا "ہاں زیادہ عزیز ہے"

"چاہے اِس میں میری جان چلی جائے؟"

"ہاں چلی جائے؟"

کُلونت پھوٹ پھوٹ کر رونے لگی۔ اُسے خیال ہُوا کہ مہندر اور اس کے والدین اپنا وارث ڈھونڈنے کے لئے اس کی زندگی داؤ پر لگا رہے ہیں۔ اُسے کیا پتہ کہ موہن سنگھ کو وارث نہیں بلکہ مرہم چاہیئے تھا جو اُسے پھر سے اپنے یار کے خاندان سے جوڑ دے۔

کُلونت ہسپتال میں یوں گئی جیسے کوئی سوچنے سمجھنے والی بکری قصائی کی چھُری کے نیچے جارہی ہو۔ ہر ایک سے یوں وداع ہوئی جیسے اُن سے یہ اُس کی آخری ملاقات ہو۔ لیکن جب کامیاب اپریشن کے بعد ہسپتال سے نکلی تو یوں شرم سار تھی جیسے اُس کی چوری پکڑی گئی ہو۔ ڈاکٹر کے پوچھنے پر اُس نے بتایا کہ کسی جیوتشی نے اُسے بتایا تھا کہ اُس کی موت ہسپتال میں اپریشن سے ہوگی۔ اسی لئے وہ آپریشن سے ڈرتی تھی۔

"اگر وہ جیوتشی تمہیں کہیں مل جائے تو اُسے میرے پاس لے آنا۔" ڈاکٹر نے ہنستے ہوئے کہا "اُس کے دماغ کا آپریشن کریں گے۔"

جب کلونت کے ہاں لڑکا پیدا ہوا تو گھر میں خوشیاں سمیٹنا مشکل ہو گیا۔ شاید پہلی بار انھیں احساس ہوا کہ ملک کی تقسیم کی وجہ سے وہ جن مشکلوں میں گھر گئے تھے، واہگورو نے اُن کی مشکلوں کا جواز اس بچّے کی شکل میں انھیں دے دیا ہے، جس دن بچّہ پیدا ہوا اِندر کور نے کناری والا دوپٹّہ سر پہ اوڑھ کر محلّے میں لڈّو بانٹے۔

وہ دن موہن سنگھ نے گورو دوارہ بیس گنج میں گذارا۔ پتہ نہیں کتنی بار وہ گرو گرنتھ صاحب کے سامنے کھڑا ہو کر ایک ہی ارداس کرتا رہا۔

"اے سنگورو سچّے پاتشاہ۔ تونے اپنی رحمتوں کے خزانے میں سے ہمیں ایک انمول نعمت بخشی ہے۔ ہم اِس قابل کہاں کہ تیری اِس نعمت کا شکریہ ادا کر سکیں۔ سچّے پاتشاہ ہم پر ایک اور کرپا کر۔ ہمیں شکتی دے کہ ہم اس معصوم بچّے کے بارے میں کیا ہوا پرن پُورا کر سکیں۔ سچّے پاتشاہ یہ بچّہ میرے اور میرے دوست اوم پرکاش کے رشتے میں آگئی دراڑ کو مٹانے میں کامیاب ہو اور ہمیں پھر سے ایک کر دے۔ نانک نام چڑھ دی کلا، تیرے بھانے سربت کا بھلا۔"

کچھ دنوں بعد موہن سنگھ نے کلونت کے والدین کو خط لکھ کر دلّی بلوایا۔ انھیں خبر تک نہیں تھی کہ کلونت کے بچّہ ہوا ہے۔ آئے تو خوش بھی تھے اور ناراض بھی۔ ناراض اس بات سے کہ کلونت کے اپریشن اور پھر بچّے کی پیدائش کے وقت انھیں اطلاع کیوں نہ دی گئی۔

موہن سنگھ اُن کی ناراضگی کو ہنسی میں ٹال گیا۔ کہنے لگا:
"گورنام سنگھ روٹھنا اب تمہیں شوبھا نہیں دیتا۔ تم اب نانا بن گئے ہو۔ اپنے رُتبے کا خیال کرو۔"

موہن سنگھ نے تنہائی میں گورنام سے پوچھا۔

"کیوں گورنام کبھی اوم پرکاش بھی ملا ہے؟"

"ہاں یار ملتا رہتا ہے۔ اُسے بڑا دُکھ ہے کہ تم لوگ اچانک چلے آئے۔ وہ تمھیں بہت محبت کرتا ہے موہن سنگھ۔"

"جانتا ہوں۔ میرے اپنے دل میں اُس کی یاد ایک لمحے کے لئے بھی محو نہیں ہوتی۔ بس حالت ہی کچھ۔۔۔"

"اب میں انبالے جاؤں گا تو اُسے بتاؤں گا کہ کلونت کے لڑکا ہُوا ہے۔ دیکھنا دوڑتا ہوا تمھارے پاس چلا آئے گا۔"

"نہیں نہیں تم کچھ نہ کہنا۔ اِسی لئے تو مَیں نے تمھیں بچے کے پیدا ہونے کی خبر نہیں دی تھی۔ مَیں نہیں چاہتا کہ یہ خبر اوم پرکاش کو کوئی اور دے۔ مَیں خود ہی اُسے یہ خبر دوں گا وقت آنے پر۔"

اس سے پہلے کہ گورنام کوئی اور سوال کرتا کلونت چائے لے کر آگئی اور کہنے لگی "ویر جی، میرے بابو کل شام تک یہیں ہیں۔ ان کے ہوتے ہوئے گوردوارے جاکر کاکے کا نام رکھوالیں۔"

"رکھوالیں گے پُتر، ایسی جلدی کیا ہے۔"

"سب ٹکو ٹکو کہتے ہیں۔ یہی نام پکا ہو جائے گا۔"

"ارے نہیں ہوتا پکا۔ پہلے سب کے نام ایسے ہی ہوتے ہیں۔ مہندر کو مَیں شروع شروع میں مچھر کہا کرتا تھا۔ اب کبھی کوئی کہتا ہے اُسے؟"

"آج سے مَیں کہا کروں گی۔" کلونت ہنستی اور شرماتی ہوئی اندر دوڑ گئی۔

گورنام تو اگلی شام کو چلا گیا لیکن کلونت مہندر پر زور دیتی رہی کہ کاکے کا نام رکھوالیں۔

مہندر اور موہن سنگھ ایک دن گھر میں اکیلے سیب دھو رہے

تے کہ مہندر نے بات چھیڑی۔

"کاکے کا نام رکھوالیں دار جی، گلونت بہت زور دے رہی ہے"

موہن سنگھ نے کوئی جواب نہیں دیا۔ لیکن سیب تیزی سے دھونے شروع کر دیئے۔

مہندر نے اُس کے ہاتھوں کو اپنے ہاتھوں میں لے کر کہا،

"کیا بات ہے دار جی؟"

"کچھ نہیں"

"کیسے کچھ نہیں۔ مجھ سے چھپا نہیں سکتے آپ۔ بے شک منہ سے کچھ نہ بولو، تمھارے ہاتھ بول رہے ہیں"

موہن سنگھ کچھ دیر چپ بیٹھا رہا اور پھر کہنے لگا۔

"کاکے کا نام وہ خود رکھوالیں گے"

"وہ کون؟"

"مہندر میں پتہ نہیں کتنے دن اور زندہ رہوں۔ میں اپنے یار او می کے کندھوں پر سوار ہو کر شمشان جانا چاہتا ہوں"

"تو؟"

"تیرا کاکا ہمیں کانتا کی جھولی میں ڈالنا ہوگا۔ مجھے پورا وشواس ہے کہ واہگورو نے ہمیں یہ بچہ دیا ہی اس لیے ہے کہ یہ ہمارے دو گھروں کو پھر سے جوڑ دے"

اِس کے بعد دونوں کچھ نہیں بولے۔ خاموشی سے سیب دھوتے رہے۔

پھر یہ خبر گلونت اور سانندر کور تک بھی پہنچ گئی۔

موہن سنگھ نے فیصلہ کیا کہ بیساکھی کے دن سب انہلے جائیں گے جب نکو کو کانتا کے سپرد کیا جائے گا۔

جوں جوں بیساکھی کا دن قریب آتا گیا۔ کلونت چپ چاپ سی ہو گئی۔ جب مہندر نے بار بار اس کی خاموشی کی وجہ پوچھی تو رونے روتے کہنے لگی "مہندر مجھ سے اتنی بڑی قربانی نہ مانگو۔"

"یہ مت بھولو کہ جب کانتا نے موہن کو تیری گود میں ڈالا تھا تو اُسے بھی یہ مشکل فیصلہ کرنا پڑا تھا۔" مہندر نے سمجھاتے ہوئے کہا۔

"پہلے موہن میری گود سونی کر گیا۔ اب نکو چلا جائے گا تو میں بالکل اکیلی ہو جاؤں گی۔ کیوں مجھے آگ کے شعلوں میں سے گذار رہے ہو۔"

"آگ کے شعلوں میں سے گذر کر ہی سونا کندن بنتا ہے کلونت۔"

"یہ ایک چراغ بھی ہمارے گھر سے چلا گیا تو چاروں طرف اندھیرا ہی اندھیرا چھا جائے گا۔"

مجھے تو دکھ ہے کہ ہمارا ایک ہی چراغ ہے۔ میرے بس میں ہوتا تو میں اپنے چاچا کے گھر کو روشنی سے جگمگا دیتا اور پھر دیکھ کر خوش ہوتا کہ چاہے ہمارے گھر میں اندھیرا ہے۔ اُن کے گھر میں تو دیوالی ہے۔"

یہ کہہ کر مہندر اٹھ کر باہر چلا گیا۔

کلونت اُٹھتے بیٹھتے یہی سوچتی رہی کہ اُس کے لئے صحیح راہ کون سی ہے۔

ایک دن ابھی اندھیرا ہی تھا کہ وہ نکو کو لے کر گوردوارے چلی گئی۔ گورو گرنتھ صاحب کے سامنے کھڑے ہو کر اُس نے من ہی من میں ارداس کی:

اے ستگورو۔ دین دنیا کے مالک، نمانیوں کے مان، نیوٹیوں کی اوٹ، نے آسریوں کے آسرے

مجھے شکتی دے کہ میں اپنی زندگی کا سب سے بڑا فیصلہ کرسکوں۔ اے سروشکتی مان یہ فیصلہ کرتے ہوئے میرے پاؤں نہ ڈگمگائیں، میرا حوصلہ نہ ٹوٹے میرے مالک !"

جب وہ گوردوارے سے باہر نکلی تو اُس کے چہرے پر ایک عجیب سی تابندگی تھی۔ یوں محسوس ہوتا تھا جیسے گورو صاحب نے اُسے صحیح راہ دکھا دی تھی۔

۱۸

بیساکھی کے دن موہن سنگھ کا پریوار جب انبالے پہنچا تو ابھی شام ہی ڈھلی تھی۔ اوم پرکاش کے گھر کے سبھی لوگ صحن میں بیٹھ کر چائے پی رہے تھے۔ دروازے پر دستک ہوئی تو نندو اُٹھ کر گیا اور دروازے کھولتے ہی چلا اُٹھا۔

"پتا جی دیکھو کون آیا ہے۔ میرا تایا آ گیا ہے۔ میرا بھائی آ گیا ہے"

سب دوڑتے ہوئے آئے اور ایک دوسرے کے گلے لگ گئے ایک صرف کانتا ایک طرف کھڑی رہی۔ موہن سنگھ اُس کے پاس گیا تو وہ اُس کے پاؤں پر گر گئی اور کہنے لگی۔

"تایا جی آپ مجھ سے رُوٹھ کر چلے گئے۔ اُس دن مجھ ابھاگن کے منہ سے جو نکل گیا تھا اُس پر آج تک پچھتا رہی ہوں۔ آپ مجھے موقعہ تو دیتے کہ میں اپنے گناہ کا کفارہ کر سکتی۔ اس طرح بھی سے رُوٹھ کر کوئی جاتا ہے کیا؟"

موہن سنگھ کے مُنہ سے ایک لفظ نہیں نکلا۔ کلونت نے آگے بڑھ کر کانتا کو اُٹھایا اور اس کی گود میں بِکو کو دیتے ہوئے کہا۔

"لے بہنا اپنی امانت سنبھال"

"یہ کون ہے؟" کانتا نے پوچھا۔

"یہ تیرا بیٹا ہے کانتا۔ گورو مہاراج نے یہ بخشش میرے ذریعے تمہارے پاس بھیجی ہے۔"

"تمہارے پوتا ہُوا ہے موہن سنگھ؟" اوم پرکاش نے پوچھا۔

"میرے نہیں، تمہارے پوتا ہُوا ہے۔" موہن سنگھ نے جواب دیا۔

اچانک اوم پرکاش کو احساس ہُوا کہ موہن سنگھ سامان اپنے ساتھ نہیں لایا۔ پوچھا تو موہن سنگھ کہنے لگا "ہم لوگ آج رات واپس چلے جائیں گے۔ گھر میں کوئی نہیں۔"

اوم پرکاش نے اُس کی آنکھوں میں آنکھیں ڈال کر کہا۔

"موہن سنگھ اگر تو یہاں سے ہلا تو ایک جڑ دوں گا بائیں ہاتھ کی۔"

سب حیران کہ اوم پرکاش نے یہ کیا کہہ دیا۔

اوم پرکاش نے خود ہی وضاحت کی "بہت سُن لی مَیں نے اس کی۔ مَیں دیکھ رہا ہوں کہ اپنے بڑے ہونے کا ناجائز فائدہ اُٹھا رہا ہے۔ اب اگر اِس نے اس گھر سے باہر قدم نکالا تو مَیں کہے دیتا ہوں مجھ سے بُرا کوئی نہیں ہوگا۔"

"سچ مچ مجھے بائیں ہاتھ کی جڑ دے گا؟" موہن سنگھ نے پوچھا۔

"کہاں یار تجھے مار کر مرنا ہے کیا؟"

سب کھلکھلا کر ہنس دیئے۔

*** ختم شد ***

شوکت تھانوی

کے مزاحیہ ناول

بہروپیا

کا بین الاقوامی ایڈیشن
شائع ہو چکا ہے